UP Collection

新装版

中世文学の世界

久保田 淳

東京大学出版会

UP Collection

The World of Medieval Japanese Literature

Jun KUBOTA

University of Tokyo Press, 2014
ISBN 978-4-13-006522-1

中世文学の世界　目次

I

中世文学史への試み

一

記紀歌謡に始まる日本古典文学の歴史をふりかえってみると、各々の時代は、その時代を特徴づける文学ジャンルを新たに派生し続けてきた。中古における作り物語、中世前期における軍記物語、中世後期における連歌や能楽、近世における浄瑠璃・歌舞伎等々がそれである。これらは、萌芽としてはその前の時代に発生しているとしても、いずれもその時期に急速な成長、完成を遂げて、きわめて鮮明に時代思潮を反映し、ある意味ではその時代の文学の代表的ジャンルとなり、それがためにかえって、次の時代にはもはやそのままの形では発展しえなかったものであった。

これらに対して、日本文学創生の当初より、幾多の消長を経、ある程度の変貌を遂げつつも、今日なお存続しているジャンルとして和歌がある。上代文学の代表的ジャンルであった和歌は、それぞれの時代人の意識では、中古・中世においても引き続いてその地位を維持していると考えられたものであった。これはたとえ現代の文学史家の見方と対立するものであるとしても、われわれは中古・中世と時代が下るにつれて膨脹してゆく和歌文学作品の集積、おびただしい歌人の群れに目をつぶるわけにはゆかないであろう。近世・近代に至っては、それぞれの時代人の意識内でも、和歌が同時代の文学で占める比重は軽くなったと考えられてきているが、しかし、ジャンルとしての発展を完全に停止した前記の諸ジャンルと異なって、滅亡を唱えられつつもなお命脈を保っている。

このような和歌文学の寿命の長さが、日本文学史における和歌史の扱いを困難にしている。一時代に成長し、次の時代にはもはや発展を停めた文学が、鮮明に時代精神を反映するのに対し、形式を墨守し、したがって思想内容に制約を受けつつ永い命脈を保ってきた和歌文学にあっては、時代精神・時代思潮を反映することがきわめて稀薄である。このことは、一時代の和歌文学を次の時代のそれと峻別することを、困難にさせるのである。

当面の問題に即していうならば、和歌史において、いつからを中世と見なすかという問題は、そう容易なこととは思われない。政治史上の事件はもとより一つの指標にすぎない。ある歌集の成立や大歌人の生死というような、和歌史上の事実さえも、その背景になる文学精神への洞察なくしては、一時期を画するには足りないであろう。そこでわれわれは、文学精神、さしあたってここでは詠歌を支えた意識を、直接作品や歌人の在り方に探らねばならない。それらが一時期前とどのように変ったのか、それがはたして中世的なものなのかどうかを確かめなければならない。このことは言うに易く、行なうに難い。しかし、最も明瞭さを欠くこの問題に立ち向ったことによって、和歌史における中世的なものの概念が把握でき、それが他のジャンルについて考察するときも、何らかの意味で参考になることがあるかもしれない。

和歌が、個人の生活感情を託す即興的な表白の手段、または公私にわたる生活の折り目切り目を示す一つの指標としてではなく、現実生活を超えた詩的世界を築きうるものとして、その創作が理論的に考えられ始めたのは、いつ頃であろうか。創作詩そのものは、例えば『万葉集』巻五における山上憶良の「遊㆓松浦河㆒贈答歌」のような例からも、かなり古くまで遡りうることが知られるが、その創作の方法が一つの理論（歌論）となり、その理論が歌学としての学統を形作って継承され発展していったのは、それほど古いことではない。『古今集』仮名序・『紀師匠曲水宴和歌』、さらには『和歌体十種』（『忠岑十体』）等の存在から、日本歌学の源流はしばしば紀貫之に求められる。貫之の継承者として自他ともに認めていた存在に、十一世紀の初め、寛弘期の作家四条大納言公任がある。かれに至って、日本歌学は組織的な形を取るに至る。それゆえ、貫之らによる歌学濫觴の時期より公任以前までを古代歌学と見なす考え方もある。この古代歌学の出発点は、上代和歌と中古（平安）和歌との境でもあった。では、その到達点である公任による歌学の新編成の時期をもって、和歌史における新時代を画しうるかというに、それは必ずしも妥当ではない。「凡そ歌は心深く姿清げに、心にをかしき所あるをすぐれたりといふべし」（『新撰髄脳』）といって、かれが描いてみせた和歌の理想型は、長く以後の歌人たちの上に君臨するのであったが、それは貫之の後継者であるというかれの自覚から当然のことながら、『古今集』撰者たちの詠もしくはかれらが推賞した作であった。時代の推移とともに、本来複雑な内容を盛り難い短歌形式においては、「事多く添へ鎖り」(同)でもしないかぎり、「珍しくをかしき」趣向は表現できなくなってくる。しかし、それは悪しき態度として排せられた。このままでは作品の上に清新さは齎されない。

さて、公任が『和歌九品』の下品下で、「詞とゞこほりてをかしき所なきなり」として挙げた例歌は、

世の中の憂きたびごとに身を投げば一日《ひとひ》に千たび我や死にせん
梓弓引きみ引かずみ来ずは来ず来ばこそはなぞ来ずはそをいかに

というのであった。ところで、例えば、

恋ひわびて我が結ふ帯のほど見れば身は無きまでに衰へにけり
宿近く桜は植ゑじ心憂し咲くとはすれど散りぬかつ〳〵

などの作も、公任にいわせれば下品下としか評しようがないであろう。これは試みに『曾丹集』より抜いたものである。すなわち、公任歌学が支配的な頃、ほぼ同時代の下級官人曾禰好忠は、奇警な言葉の駆使により一新生面を拓いており、それはかれが王朝貴族と生活基盤をやや異にしていたところにその理由が求められるのであるが、当時としてはこのような新傾向は大きな幅をもった流

れとはならなかった。しかし、かれのことを「狂惑のやつなり」と罵ったという藤原長能の弟子、能因以降になると、作者たちの中に、従来の宮廷貴族と生活を異にする一群が輩出するに至っている。好士たちの群れとも称されるべきものがそれであって、能因を筆頭に、和歌六人党の人々、良暹、懐円、素意、孝善等々をそのメンバーに数えることができるであろう。かれらの多くは下級官人か、下級官人上りの沙門で、現世的な栄達は断念し、というよりも断念せざるをえなくなって、ひたすらに詠歌の世界にのみ生きようとしている一群であった。卑官卑位の官人たちという点では、古今集撰者たちに一脈相通ずるところもあるようであるが、古今の撰者たちは漢詩の向うを張って和歌の効用を説き、その宮廷詩としての地位の回復を通じて、自らの地位をも向上せしめようとしていた。好士たちは詠歌を通して浮び上ろうというよりも、自分たちに残された唯一の砦として詠歌にしがみついているかの観がある。それだけ、平安中・末期の社会は閉塞しているのであった。

好士たちの創作意識は、能因が人ごとに語ったという、「好き給へ。好きぬれば秀歌は詠むぞ」という、きわめて単純なことばに集約される。都に在って「秋風ぞ吹く白河の関」の歌を詠んだという、あまりにも有名な説話（この説話が虚構であるらしいことはほぼ定説であるが）や、小食であったというような能因に関する伝えは、かれらが秀歌を詠み出しうる環境を作るためには、生活の方を矯めることをも辞さなかったこと、結局詠歌に全生活を賭けたことを物語るのである。かれらの努力が和歌の世界にどのような新しい展開を齎したかは、今後なお個々の作品に即して綿密な検討

がなされないかぎり、軽率にはいえないが、

奥山は夏ぞつれ〴〵まさりける正木白藤くる人もなし
足引の山の岩根に生ひたれば葉広にもあらず楢の葉なれど
一重なる蟬の羽衣夏はなほ薄しといへど暑くもあるかな
岩間行く水にも似たる我が身かな心にもあらでのどけからぬよ
降る雪や降り増るらんさ夜更けて籬の竹のひとよ折るなる

（『能因法師集』）

等の作には、好忠のような無理や破綻を来すことなくして、換言すれば公任歌学にさほど異を立てることなくして得られた、清新の風が認められるであろう。その境涯が齎したであろう観照性は、女房歌の抒情を一歩進めたものである。かくして、公宴歌の格調（姿）と私詠の抒情（心）とを二つながら貪婪に摂取しつつ、好士たちは新たな表現（詞）を目指していたと思われる。

「紀伊入道素意、後拾遺の作者にあらずや」といって下馬を拒否したという素意の逸話からも知られるように、これら好士たちを取り上げた最初の勅撰集は、『後拾遺集』（一〇八六、藤原通俊撰）であった。このことと、『古来風体抄』・『長明無名抄』などで『後拾遺』より風体が改まったとすることとは、はたして無関係であろうか。けれどもまた、同集は女房歌人の作を多く収めることを以てしても著名である。同集においては、王朝的な情感と中世のはしりとも見られる観照と、この

二つの傾向が重層しているのであった。が、これよりやや下って、源俊頼・藤原基俊の時代になると、好士を中心にした新たな詠風は、宮廷和歌にもかなり滲透していったと思われる。かれらは宮廷・大臣家における和歌の指導者であるとともに、永縁・瞻西・琳賢等数奇の徒との交わりも深かった。そのこととかれらの作品に漂う諦感とがまったく無縁とは思われない。

妻恋ふる鹿のと声に驚けばかすかにも身のなりにけるかな
芦火たくまやの住み家は世の中をあくがれそむる門出なりけり
（『散木弃歌集』）

入相のとほ山寺の鐘の声あな心ぼそ我が身いく世ぞ
　雪の朝雲居寺瞻西が許よりかくいひて侍りし
常よりも篠屋の軒ぞ埋もるゝ今日は都に初雪や降る
　返し
降る雪にまことは篠屋いかならん今日は都に跡だにもなし
（『藤原基俊家集』）

この両人、特に俊頼が深く関ったと思われるものに『堀河百首』（一一〇三―一一〇六頃）がある。これは十四乃至十六人の組題百首歌の集積であった。百首の淵源は源重之や前述の好忠にあるが、それらの歌題が四季・恋・雑という大まかな区分けにとどまっていたのに対し、この百首においては日常生活を昇華せしめたところに詩的世界を意識的に作り出そうとして、王朝美学のエッセンスともいうべき百の題を撰定してそれを各人が試みたのであって、従来の大嘗会歌・屏風歌・障子歌などとは違った意味において創作的傾向が強かった。試みにその一端を探ると、

擣衣

わぎもこが手玉もゆらに打つ衣千声になりぬ夜の長ければ　源師時

雪

白雪の降りしきぬれば苔むしろ青根が嶺も見えずなりゆく　紀伊

旅恋

まぶしさすさつをの身にも堪へかねて鳩吹く秋の声立てつなり　藤原仲実

旅恋

慕ひくる恋のやつこの旅にても身の癖なれや夕とゞろきは　源俊頼

等々、三代集を跳び越えて、古きがゆえにかえって新しい『万葉』からの語句の摂取も見られ、好忠ばりの奇矯な措辞もあって、新しい表現への摸索が明らかに看取される。それは公任の教訓へのある程度の背馳をすら意味しているのであった。

ここで、いつからを和歌史における中世と見なすかという最初の課題に立ち帰ると、この『堀河百首』の前後を境として、王朝和歌は漸次中世和歌へと推移していったとは考えられないであろうか。中世和歌史の上限については、『千載集』(一一八八、藤原俊成撰)や『新古今集』(一二〇五、藤

原定家等撰)、さらにはまた『新勅撰集』(一二三五、藤原定家撰)の各々の前後にその線を引く考え方がむしろ一般的であり、一方では王朝世界を憧憬し、他方では中世的な観想の世界を志向する俊成や定家の在り方に重点を置くと、それらの区分はそれぞれ根拠を有するのであるが、ここでは最初に述べたように、和歌文学全体を支える詠歌意識の消長を区分の第一の目安にしようと思うので、冒険的とはいえ、『堀河百首』以後『千載集』までを、中世和歌の前駆的な一時期とあえて考えようと思う。

『堀河百首』の後に『永久百首』(一一一六)・『久安百首』(一一五〇)がうち続き、個人の家においても百首会が催され、また百首を独詠する習慣も広まって、和歌は創作詩としての傾向をいよいよ強めてゆく。第五番目の勅撰集である『金葉集』(一一二六頃、源俊頼撰)、それに続く『詞花集』(一一五一頃、藤原顕輔撰)は、これらに多くの素材を求めて編まれた。各々十巻の歌数の少ない集であったが、撰集の過程には曲折があり、完成後の和歌界への影響は大きかった。藤原俊成・同清輔等はこのような時期に歌人として成長した。

かれらは、一時代前の好士の伝統を受け継ぐ隠者たち、例えば俊頼の二人の息俊恵・祐盛や、道因、そしてまた常磐(大原)の三寂などとも交渉があったけれども、かれらにおけるように詠歌が数寄となっていたというには、躊躇されるのである。かれらの出自に対する自負は、「歌の家」の自覚となり、詠歌の誉れと宮廷社会における栄達とが無関係ではないと見なすように働いた。それは、先に触れた古今集撰者たちの意識に相通ずるものがある。古今撰者たちが「あだなる歌はかなきこと」を貶しめたと同じように、俊成らは、数寄の徒によって摸索され、俊頼たちによって継承された種々の新しい表現に整理を加え、典雅なもののみを残して卑俗なものは極力排除しようとした。これによって宮廷詩としての格調を保とうとしたのである。このような努力は、主としてかれらが指導的な役割を果す歌合や歌会を通じてなされたので、前時代の源経信・大江匡房の頃から文学遊戯的色彩の稀薄になってきていた歌合・歌会は、いよいよ文学批評の場としての傾向を強めてゆく。

中世和歌の前駆的段階においては、俊成による指導は未だ和歌界全体にゆきわたっているとはいえなかった。その青壮年期には清輔が対立的存在として、一首全体の情趣や格調を重んずる俊成に対して、趣向中心の中古風の詠風を尊重していたし、また前述のごとく、俊恵等も源頼政・素俊などと一グループを形成して、一家言をもっていた。鴨長明はこの俊恵の門下として、歌人生活に入った人である。そのほか、重代の歌の家などという自覚も無しに、素朴に作歌を楽しむ小集団は各所に存在していたらしい。西行は本来そのような形で歌人としての出発をした人であったろう。

ただ、かれは早くから歌の家の人俊成と相知り、表現することの厳しさを悟り、しかもその境涯から、詠歌が自己の生存の証しと考えられるに及んで、従来の好士・数寄者をはるかに凌駕して、深奥な心の世界を歌った作者であった。かれと例えば能因との異なる点は、西行は秀歌を詠むことに一身を賭けたというよりも、かれの生き方が詠歌を必然的ならしめたことにあるであろう。つまり、能因において目的だったものは、西行においては結果であったことに求められるように思われる。かれは生き方においては典型的な中世人としてのそれを示したが、多くが個人的動機で詠み出されたその心理詠は、本質的にはむしろ王朝女房歌の系列に立つものであり、それを一層内面的に深めたものと見なしうる。かれの資質・環境が相俟って、かれの文学をそのように染め上げたのであった。が、自然詠においては、能因等の清新な捉え方をさらに進めており、そこにかれの中世詩人としての面目を見ることができよう。

源平の動乱が治まった鎌倉時代初頭は、このようにして種々の傾向の歌が並び行なわれていた、一種の狂風怒濤の時代であった。長明の言葉を借りれば、「この頃の人の歌ざま、二面に分れたり。中頃の体を執する人は今の世の歌をばすゞろごとのやうに思ひて、やゝ達磨宗などいふ異名をつけて譏り嘲ける。又この頃様を好む人は、中頃の体をば、俗に近し、見所なしと嫌ふ。やゝ宗論の類にて、事切るべくもあらず」（『長明無名抄』）という有様であった。いうまでもなく、この様相は、俊成の息定家の登場、それに引き続く九条良経・慈円・寂蓮・藤原家隆等の活躍と、それを受けて立った顕昭・季経等の存在によって、一段と激化したのである。この対立は、結局御子左家（俊成の家系）一派のいわゆる新風が、六条家（清輔の家系）一派の中頃の風を圧倒し、後鳥羽院中心の宮廷和歌界を席捲することによって、ここに解消を見、そのエネルギーが『新古今集』として結実するのであるが、巨視的に見るならば、新風と中頃の風との差はさして本質的なものとは言えないことに注意せねばならない。ともに目指すところは、宮廷文学としての秀歌、すなわち晴の歌の完成であり、（その枠を越えない範囲内で革新派・好士たちの作風を摂取しながらの）貫之・公任・経信等への回帰であった。

結論的に言えば、中世初頭の和歌は、創作歌として清新なもの、時には奇矯ですらあるものへの志向に出発し、大筋においてはその傾向を継承しつつも、それが宮廷社会への適応の必要から、意識してある程度の後退を試み、王朝最盛期の詩的典型に回帰しようとする姿勢を取っているという特徴を有する。すなわち、この時期の過渡期的性格を最もよく現わしているのが和歌なのであって、それはいわば王朝的なものを多分にとどめながら、部分的には中世化しつつある鵺的存在なのである。

二

では、この中世初頭において、王朝の名残りをとどめることの稀薄なもの、旧態になずむこと少なくして、新しい時代の様相を如実に伝えるものは何であったか。さしずめ、鴨長明の『方丈記』および慈円の『愚管抄』、それに一連の軍記物語などは、その例に挙げられるであろう。

『方丈記』は、やや後の『徒然草』と並んで、中世の随筆文学の代表とされている。一方、『愚管抄』は、これもやや下って成立した『神皇正統記』としばしば対照される歴史文学である。しかしながら、ジャンルを異にするこの二つの作品には、ある共通したものが流れている。鴨長明は、前節でも言及したごとく、源俊頼の子俊恵を師と仰ぐ歌人として文学の道に入り、和歌の世界で相当名の高かった人である。慈円は後京極良経の叔父であり、西行や藤原俊成・定家父子と親交の厚かった新古今時代有数の歌人である。ともにすでに歌人として令名あったかれらが、和歌以外の領域、散文の領域において試みた著作が、『方丈記』であり『愚管抄』であったのだが、そこには等しく世に対する強烈な関心が見出されるのである。

和歌が第一級の文学と考えられていた当代にあって、かれらが和歌とは異なった文学を創造するという意気込みの下に、『方丈記』や『愚管抄』の筆を染めたとは考え難い。長明の場合は、禰宜の社会での権勢の争いに破れたことをきっかけに、そういった権勢のみが幅をきかすというほどではないにせよ、権勢を背景としていることによって一層高められる宮廷和歌の世界に自らの身を置くことに一種の違和感が生じたため、その世界から自ら敗退し、隠者の生活を選んだのであるから、和歌の世界は、隠遁生活の中においても、一種の苦汁を伴わずにはいられぬものの、依然として美しい見果てぬ夢として回顧されることが多かったであろう。長明の和歌への愛惜の念は、この隠遁生活の中で歌論書『無名抄』を著わしたこと、この生活に管絃、『往生要集』などとともに歌書を持ち込んでいることなどのほかにも、引歌の多い『方丈記』の行文のそこここに辿ることができる。これに対して、慈円は一生涯詠歌を絶つことはなかった。広本の『拾玉集』は、最晩年の承久の乱後、良経の子基家の家におけるかれの作を収めている。すなわち、両人とも和歌を否定したことはなかったと見るべきで、したがって、かれらには新しい文学を書こうという意図は稀薄であった。

長明には、この乱世において、逞しく荒々しく生き抜く力のない、うら枯れた存在である自己の、心——身の在り方はすでにどうしようもなく定まっているものの、未だそれにたやすく順応できず、去就を決めかねている心——の在り方を決定することが、自身の緊急の課題であった。それゆえにかれは、

若、ヲノレガ身カズナラズシテ権門ノカタハラニヲルモノハ、フカクヨロコブ事アレドモ、ヲホキニタノシムニアタハズ。ナゲキセチナルトキモ、コヱヲアゲテナクコトナシ。進退ヤスカラズ、タチキニツケテヲソレヲノヽクサマ、タトヘバスヾメノタカノスニチカヅケルガゴトシ。若、マヅシクシテトメル家ノトナリニヲルモノハ、アサユフスボキスガタヲハヂテ、ヘツラヒツヽイデイル。妻子・僮僕ノウラヤメルサマヲミルニモ、福家ノ人ノナイガシロナルケシキヲキクニモ、心念々ニウゴキテ、時トシテヤスカラズ。……人ヲタノメバ、身他ノ有ナリ。人ヲハグクメバ、心恩愛ニツカハル。世ニシタガヘバ、身クルシ。シタガハネバ、狂セルニヽタリ。イヅレノ所ヲシメテ、イカナルワザヲシテカ、シバシモ此ノ身ヲヤドシ、タマユラモコヽロヲヤスムベキ。

と自ら問を発し、

夫、三界ハ只心ヒトツナリ。心若ヤスカラズハ、象馬七珍モヨシナク、宮殿楼閣モノゾミナシ。今、サビシキスマヒ、ヒトマノイホリ、ミヅカラコレヲ愛ス。ヲノヅカラミヤコニイデヽ、身ノ乞匃トナレル事ヲ

ハヅトイヘドモ、カヘリテコ、ニヲル時ハ、他ノ俗塵ニハスル事ヲアハレム。

として自らの心を納得させようとする。そのような目的の下に書かれたものが『方丈記』であるとすれば、後鳥羽院の護持僧として、また九条家の近親として、国政に深く関っている天台の高僧の、この国の命運が直ちに自己の命運と結びつくという深い憂慮の下に、この世の乱れの根元を考える必要に迫られて著述されたのが『愚管抄』であった。かれ自身の言葉によれば、

保元ノ乱イデキテ後ノコトモ、又世継ノ物ガタリト申物モカキツギタル人ナシ。少々アルトカヤウケタマハレドモ、イマダヱ見侍ラズ。ソレハミナタヾヨキ事ヲノミシルサントテ侍レバ、保元以後ノコトハ、ミナ乱世ニテ侍レバ、ワロキ事ニテノミアランズルヲハヾカリテ、人モ申ヲカヌニヤト、オロカニオボエテ、ヒトスヂニ世ノウツリカハリ、オトロエタルコトハリヒトスヂヲ申サバヤト思テオモヒツヾクレバ、マコトニイハレテノミオボユルヲ、カクハ人ノヲモハデ、コノ道理ニソムク心ノミアリテ、イトヾ世モミダレ、ヲダシカラヌ事ニテノミ侍レバ、コレヲオモヒツヾクルコヽロヲモ、ヤスメムトオモヒテカキツケ侍ル也。

というのが、その執筆動機であった。いずれの場合にせよ、風流を翫ぶ閑文字ではなかったわけである。

それゆえ、長明は究極のところ、前に引いたような自己の魂の救済によって安んじようとする。それに対して、慈円は広く天下国家の静謐を庶幾する。その方向には甚だしい懸隔があるのだが、しかし、それはともに現実の飽くなき注視、人の世への強烈な関心に出発しているのであった。これは、抒情詩としての和歌の世界においては期し難いことである。実は、慈円や、為政者の中枢と

しての良経らの和歌のあるものには、世に対する感慨の著しいものもないではない。が、やはり和歌においては、それらはその時かぎりの詠歎として押し流されてしまう性質のものであった。冷酷なまでの現実の凝視が、読む者の心を揺り動かし、現状への懐疑にまで発展させるには、やはり散文を俟たねばならなかった。

『方丈記』がそのような意味で、どの程度までの到達を見せたかを、こと新しくいう必要はないであろう。安元の大火、治承の辻風、遷都、養和の飢饉、元暦の地震等々の天災・人災のリアルな描写はあまりにも有名である。が、史伝である『愚管抄』も、政治の醜さ、人間の弱さなどを描く点において、手加減をしていない。そのまわりくどいまでの俗談平話風の文章は、かつての「世継が物ガタリ」――『大鏡』の犀利な観察に基づく簡潔な筆致と著しい対照を示して、末世と考えられていた中世初頭の暗澹たる時代相を如実に伝えている。そしてそれは、文学的虚飾に覆われることの少ないなまの人間像を描くことによって、かえって深い文学的な感銘を読者に与えるのである。

試みに、『平治物語』でも叙されている信西の死の件りを見よう。

サテ信西ハイミジクカクレヌト思ヒケル程ニ、猶夫輿カキ人ニ語リテ、光康ト云武士コレヲ聞ツケテ、義朝ガ方ニテ、求メイダシテ参ラセントテ、田原ノ方ヘユキケルヲ、師光ハ大ナル木ノアリケル上ニノボリテ夜ヲアカサントシケルニ、穴ノ内ニテ阿弥陀仏タカク申声ハホノカニ聞ヘタリ。ソレニアヤシキ火ドモノ多ク見エケレバ、木ヨリヲリテ、「怪シキ火コソミエ候ヘ。御心シテヲハシマセ」ト、タカク穴ノモトニ云イレテ、又木ニノボリテミケル程ニ、武士ドモセイ〳〵ト出キテ、トカク見メグリケル程ニ、ヨクカキ埋ミタリト思ケレド、穴口ニ板ヲフセナンドシタリケル、見出シテ掘出シタリケレバ、腰刀ヲ持テアリケルヲ、ムナ板ノ上ニツヨクツキ立テ死テアリケルヲ、掘出シテ頸ヲトリテ、イミジ顔ニ持テ参リテワタシナンドシケリ。

一代の智者の異様な死に方が、感傷を抜きにした筆致で描かれている。『平治物語』に見られるような儒教的粉飾のないだけに、読者は死に直面した一人の人間の真実の姿に触れる思いがするのである。

中世初頭におけるこの二つの散文による作品は、以上述べたように、本来歌人の著述であるにもかかわらず、和歌的なものの捉え方とはひどく異質の立場において（ただし、『方丈記』の閑居を叙する件りは必ずしもそうばかりでないことは、前に言及したごとくである）思考され、記し留められたのであった。この二人の作家の基底にあるものを一言にしていえば、それは旺盛な散文精神ともいえよう。この精神は、時代的にもほぼかれらに引き続き現われたと思われる軍記物語の作者たちに受け継がれたのである。

三

『愚管抄』が保元の乱以後を、「乱世」であり「ムサ（武者）ノ世」と喝破したのは至言であった。

「朝家に召つかはれて、王化にしたがはず、をのづから朝権をかろむずる者には、互にいましめをくはへ」(『平家物語』)てきた源平両家の武士たちは、この「主上・上皇の国あらそひ」を契機として、一挙に中央政治機構のまっただ中に乗り込んでくるのである。合戦の術を知らない廷臣や院の近臣らは、「天下の乱をしづめ給はむずる人」(『保元物語』)とか、「合戦の謀におゐては、偏汝を頼おぼしめさるゝ所也」(同上)などと、武士たちの功名心を煽り、名誉欲に訴えるほかはなかった。かれらもまた、この機会を遁さず、家門拡張に利用しようとする。為義は将軍宣下、陸奥守を所望し、義朝は昇殿を請い、軍功勧賞の場では右馬権頭を不服として左馬頭に任ぜられる。かれらはそれを「いさみ」(はりあい)として戦うのであった。かれらに戦争を依存した貴族の側でも、

「乱世には武を以てしづむべしと云本文あり。世既みだれぬ。義朝を忠賞せずは有べからず。」と云宣旨下れける……(『保元物語』)

と、それを認めないわけにはゆかなかった。かくして武家は権力の座への足掛りを一歩々々強化してゆく。源氏は平治の乱で一旦潰えたけれども、平氏は確実に貴族社会へ食い込み、かつての藤原氏のやり口そのままに、一門の子女を後宮へ送り込んでついに政権の中央に坐るのである。『平家物語』では平氏のこの政界における勝利を、

仁安三年三月廿日、新帝大極殿にして御即位あり。此君の位につかせ給ぬるは、いよ〳〵平家の栄花とぞみえし。御母儀建春門院と申は、平家の一門にてましますうへ、とりわき入道相国の北方、二位殿の御妹

也。平大納言時忠卿と申も女院の御せうとなれば、内の御外戚なり。内外につけたる執権の臣とぞみえし。叙位除目と申も偏に此時忠卿のまゝなり。楊貴妃が幸し時、楊国忠がさかへしが如し。世のおぼえ、時のきら、めでたかりき。

と述べているが、このように見てくるとまことに「ムサノ世」といわざるをえない。

摂関家を中心とした政治体制の確立していた、それまでの貴族社会において支配的であったものの考え方は、当然そのような体制を維持しようとする旧守思想にほかならず、それは万事先例（故実）に照し合わせ、典拠を尋ねずしてはなされない規範主義へと導くのである（前引『保元物語』のあのような異例の事態ですら、「本文あり」と典拠を求めずにはいられないのが貴族の意識なのであった）。この規範主義が日記記録を重視させるように働くのは当然であろう。それらに精通していることが、政治家としての条件のように考えられるまでになっていた。例えば悪左府頼長は、「日記など博く尋ねさせ給ふ」（『今鏡』）、「自他の記録に闇からず」（『保元物語』）などと評されている。

しかしながら、以上に述べたような武士の擡頭や寺院勢力の伸長とともに変貌しつつある古代末期の社会は、かれらの知悉している先例典拠のみを以てしてはとうてい律しえない、さまざまの新しい事態を惹起した。それらの事態に接して、貴族社会自体も変貌を余儀なくされる。すなわち、先規に合わず典拠なきこと――「新儀非拠」の諸現象の横行である。例を挙げれば、忠盛の昇殿や二代后や、前引の如き平家一門の栄花などがそれである。貴族たちはそのような旧体制の動揺を、澆季末世のゆえと歎きはしたが、しかし事態に対処するためには、それを現実として受け取らねばならなかった。かれらにはそれを阻止する力はなく、ただできることは、そのような諸現象をも記録して、後世に遺し後見に備えることであった。

この貴族社会全般に瀰漫する、記録重視の考え方は、現実注視の眼を養うものでもあった。たびたび言及するが、『愚管抄』で保元の乱の戦いについて述べたのち、

コノ十一日ノイクサハ、五位蔵人ニテマサヨリノ中納言、蔵人ノ治部大輔トテ候シガ、奉行シテカケリシ日記ヲ思カケズ見侍シ也。「暁ヨセテノチ、ウチヲトシテ帰リ参マデ、時々剋々、只今ハト候カウ候トイサヽカノ不審モナク、義朝ガ申ケル使ハハシリチガイテ、ムカイテ見ムヤウニコソヲボヘシカ。ユヽシキ者ニテ義朝アリケリ」トコソ雅頼モ申ケレ。

と記しているところから、合戦の始終を記録した源雅頼の日記があったことが知られ、これが『保元物語』と関係があるのではないかといわれ、また、『玉蘂』に見える平光盛のもっていたという「平家」が『平家物語』の原型と関連あるのではないかといわれるのであるが、たしかにそのようなまの記録なしに年代記的な諸事実を踏まえた軍記物語が書かれたとは思われないのである。実際、どの軍記物語も大筋においては貴族社会の年代記としての建て前を崩してはいない。皇位継承の問題を始め、摂関内部における主導権の争い、院の近臣間の確執、「殿下乗合」に見られる体面の偏重、「二代后」に象徴される宮廷内の綱紀の乱れ、鹿ヶ谷の陰謀の端緒となった「超越」の慣

り、皇室内の慶事、遷都等々、貴族社会の意識に照し合わせて最大関心事となりうるものが、年代を追いつつ力を籠めて語られたのであった。

ただ、軍記物語が、単なる記録にとどまらず、文学としての鑑賞に堪えうるものにまで成長するには、近年特に強調されているように、琵琶法師の語りと結びつき、享受者をも含めた多くの人々の参与を俟たねばならなかったであろう。その過程において、口承の軍語りその他も摂取されて、年代記的な色彩は次第に薄れ、説話中心・場面中心の物語的な面が強くなってくる。骨子よりも附帯したものが前面に押し出されてくる。そして後代の目よりすれば、ともすればこの本来従属的なものの方に文学性を認めざるをえない。例えばそれは、躍動的な合戦の描写であり、骨肉相戦わざるをえなくなった武士たちの苦悩であり、専制者の掌を返すような愛憎に翻弄される女たちの運命であり、極限の状況に置かれた人間の弱さや醜さであり、主従の契約の根強さなどである。それらのあるものは、ゴシップを好む貴族たちの意識に照しても、理解できるものであったであろうが、自分らとかなり異なった倫理体系の中に生きている武士たちのことは、「ユヽシキ者ニテ義朝アリケリ」などという以上に理解できたかどうかは、やや疑わしいのである。それを理解しうるためには、少なくとも貴族社会のまっただ中からは距離のある所に身を置き、ある程度貴族たちの価値観から自由になることが必要であったであろう。その当否は措くとしても、『平家物語』の作者として、信濃前司行長入道が擬せられていることは、意味あることといわねばならない。

ところで、今、ともすれば従属的なものの方に文学性を認めざるをえないといったが、しかし、実はそのような見方は問題を残すことになるであろう。乱世の記録としてその歴史性を全体的に把握することこそが必要であるに違いない。年代記的な歴史文学としては、前代に『栄花物語』があった。そこでは道長を中心に据えつつ、皇室と摂関家との歴史がほとんど批判を交えずに縷々と記述されていた。軍記物語は、年代記的な記述に出発しつつ、自らその枠を拡げてゆく。当初から乱世の年代記として、記述の取捨選択が行なわれ、批判的態度で全篇を貫いてゆく。栄花における道長のような主人公は求め難く、「歴史」そのものが、いわば主人公である。戦乱の原因を個人間の権勢欲や意趣に求めようとする『保元』や『平治』よりも、描写の対象となる戦乱そのものが一回限りのものではなく、各地でそれらが継起し、社会全体を押し包んでゆき、またそれを個人々々の力ではどうしようもないとき——「澆季に及で、人梟悪をさきとする世」の趨勢と捉える『平家物語』において、特にそういうことがいえる。『保元』・『平治』・『平家』・『源平盛衰記』・『承久記』などの軍記物語は、作品により程度の差はあるが、そういう歴史の転換期を描くことに成功したのであった。自然や人間の捉え方はかなり類型的で、特に心理描写に至っては、若干の例を除けば、前代の『源氏物語』などに比して粗雑ですらあるとはいえ、これは前代には求め難い新しさであった。この動乱期を描きおおせたために、軍記物語は中世という動乱期の最も代表的な文学となりえたのである。

四

貴族社会に彌漫する記録偏重の精神は、軍記物語の母胎となったばかりではない。それはかれらのゴシップ好きの傾向と合して、説話文学の有力な基盤の一つともなっている。故実尊重の精神が著しいものに平安末期の『江談抄』や『富家語』があった。中世初頭における『古事談』・『続古事談』等は、直接これらの系統を引くもので、貴族社会での価値観でそれに肉付けしたものであったが、『今物語』・『十訓抄』・『古今著聞集』等にもほぼ同様の精神が貫流している。すなわち、「いにしへよりよき事もあしき事もしるしおき侍らずは、たれかふるきをしたふなさけをのこし侍るべき」(『古今著聞集』)との考えの下に、「廃忘ニソナヘンガタメニ」(『続古事談』)「或は家々の記録をうかがひ、或はところどころの勝絶を尋ね、しかのみならず、たまぼこのみちゆきぶりのかたらひ、あまざかるひなのてぶりのならひにつけて、ただにききづてに聞く事をもしるせれば」(『古今著聞集』)という形で、貴族社会の通念に照して、賞讃すべき徳行、否定されるべき愚行、奇異なこと等々が取り上げられるのである。それは軍記物語のような一時代の壮大な叙事詩や、『方丈記』のような個性ある一知識人の思索の結晶ではありえず、いってみれば断片的な世態の一面、人間像の片鱗を窺わせるものにすぎないのであるが、そこに筆録者の人間性への関心のあり方を探ることは可能であろう。例えば、文覚が「世中に地頭ぬす人なかりせば人の心はのどけからまし」と詠んで「我身は業平にはまさりたり。春の心はのどけからましといへる、何条春に心のあるべきぞ」といったという話（『今物語』）などは、『平家物語』等の伝える文覚像とともにいかにもありそうな話として、中世初頭におけるこの荒法師の姿を生き生きと写しているといえよう。

このような貴族社会の説話は、右のような説話集として纏められるほか、軍記物語や『袋草紙』・『長明無名抄』等の歌学書、その他『教訓抄』等芸能の伝書の類にも散在し、それらを彩るに至っている。中にはまた、一旦説話集に定着した説話が、やや形を変えて軍記物語等に取り込まれてゆく場合もあったであろう。例えば『今物語』で光清・小大進の夫婦の間に交されたとする連歌が、『平家物語』の祇園女御の章では清盛の白河院落胤伝説に附会され、白河院と平忠盛との唱和とされることによって、読者の興味をそそるように仮構されている実例などがこれである。

ところで、軍記物語の場合、貴族の意識だけではなく、それ以外の世界の人々の物の考え方が流れ込まなければ、『平家物語』その他の作品は今日見るような形では成立しなかったであろうと述べたが、類似したことは説話の場合にもいえる。当時の社会で支配的であった仏教思想は説話文学にも深く滲透して、その大部分を仏教説話に染め上げている。『宝物集』・『発心集』・『撰集抄』・『閑居友』・『私聚百因縁集』・『沙石集』・『雑談抄』等はそれである。また、本来仏教とは無関係に、民間に伝えられていた奇譚・珍話乃至は単なる頓智話の類が定着した場合もある。それらの中には、説経師等によって利用されたものもあろうが（例えば『沙石集』巻八に見える蛇蟹合戦の話など）、また奇異を好む人間の本性の要求に自ずと応えたものでもあった。そのような説話を通じてわずかに当時の庶民生活を窺うことができるということからも、説話集――特に『宇治拾遺物語』などの一般説話集――は注目されている。

それらの説話集を構成する個々の説話のかなり多くは、『日本霊異記』・『今昔物語集』・『古本説話集』・『打聞集』等、前代の説話集にすでに見出されるものであり、中世における創造とは言い難いことが説話文学の文学史的位置づけを困難にさせるのであるが、そしてそれゆえに、『今昔物語集』以降をひとしなみに中世説話文学として捉える立場もありうるわけであるが、しかし（これに近い困難さは最初に述べたごとく、和歌の場合にも存在したことで説話にかぎったことではないのであるから）、それら各々の伝承相互の詳細な対比によって、後代の附加とそうでないものとの弁別がなされ、中世説話の創造性は次第に明らかにされることであろう。一例を挙げれば、『発心集』の巻五貧男好《ム》二差図《ヲ》一事における説話部分の後の筆者の感想の部分が『方丈記』の発想・行文と酷似していることがすでに指摘されているが、「管絃モ浄土ノ業ト信ズル人ノ為ニハ、往生ノ業トナレリ」とか「何ノ智恵モツトメモ心ウルハシクテ其ノ上ノ事也」とかいう筆録者の短い感想なども、もしも『発心集』のこれらの部分が長明の筆に成ったとすれば、『方丈記』や『長明無名抄』のある部分と照応するものがあり、説話とか随筆・歌論というような枠をはずして、作家長明を考える際に参考となるに違いない。そのような考察は、中世説話研究そのものに立ち帰ってみるとき、やはりプラスするところがあるはずである。

五

あたかも攪拌によって溜り水に酸素が送り込まれるように、乱世は思想を沈滞から蘇らせる。古代（平安）末期から中世（鎌倉）初頭にかけての転換期が多くの高僧・名僧を輩出したのも仏教界における蘇りの顕著な現われであった。法然・親鸞・栄西・道元・日蓮等が、いずれも一度は叡山に学びながらも天台教学に慊らず、下山してそれぞれ自らの信ずるところを説き広めた。明恵や貞慶のようにいわゆる旧仏教にとどまって、これを深めた人々もあった。

かれらの言説――法語は、本来かれら自らが真理と信ずる思想を他に説き、これを信仰せしめるための手段として語られ、記されたものであって、表現すること自体が目的であり、したがってまた表現行為によって一つの完結した世界を示す文学作品の場合とは、成立の契機を異にしている。それに多くの場合、宗教は風雅の魔心、文学の毒を否定する傾向が強かった。にもかかわらず、この法語類に文学性を認めざるをえないのはどういうわけであろうか。自らの信念を吐露する宗教家の言説が、その情熱のほとばしりから、自ずと珠玉の名品を成すことは、古今東西を通じて珍しいことではない。鎌倉初期の法語類にも、同様の理由から期せずして得られた文学性もあろう。だがそれ以外に、一体に仏陀の昔から、この世の諸々の現象を巧みな比喩によって説明してゆく仏教

――例えばスッタニパータを見ればよい――という宗教のもっている一種生得の文学性といったものが、前代よりも広い層を対象としての説法が具体化されるようになってきたこの時期に開顕したという事情も、考えてよいのではないであろうか。もとよりまた、本来宗教の生命であるはずの思想性・論理性が、山門の内を出て広く一般に強く打ち出されたことも、それ以前には見られなかったことで、多く感性のみによる文学に馴らされていた当時の人々の心を奪うに足ることでもあった。それらの人々を説き伏せるためには、釈家の側にもある程度の文学的表現への歩み寄りが必要でもあったであろう。

法語類の文学性が中世文学研究家の間で論議され始めたのは実はさほど以前からではない。藤岡作太郎博士の『鎌倉室町時代文学史』では、法語の項は立てられていない。が、新潮社の『日本文学講座』「鎌倉時代」に至って「鎌倉時代の仏教文学」（松原致遠氏）の章が設けられ、吉沢義則博士の『鎌倉文学史』においては、「高僧の法語消息」の節で法然・親鸞・一遍・他阿の法語、日蓮の遺文、向阿の『三部仮名抄』、『一言芳談』などに触れ、「漢文学」の節で栄西・道元に言及している。久松潜一博士編『日本文学史』中世の「随筆・法語」の章で扱っている対象もほぼ同様である。最近は親鸞・日蓮の著作や源信から江戸時代の慈雲に及ぶ期間の仮名法語類が、主として仏教研究家乃至は仏教に明るい国文学者の手によって一般に普及する形で公刊され、道元関係の著述の口訳も出版されて、法語はかなり身近なものになってきた。しかし、このことは必ずしもただちに、中世文学の中での法語の占める位置が確立したことを意味するものではない。むしろ、その説話文学との交流や『徒然草』その他随筆・諸道の伝書などへの影響（これらについてはすでにいくつかの注目すべき研究も報告されているようであるが）、さらに大きく、和歌・連歌等、感性を生命とする文学の対極としての、論理が生命である仏教文学の中世文学全体への関わり方などは、依然として国文学者が中心となって意欲的に解明してゆかねばならない問題であろう。

ここに具体例として、まず『栂尾明恵上人遺訓』（『阿留辺幾夜宇和』）の一節を挙げよう。前にも触れた数寄という中世的なものの考えが現われていて、歌論やその他の伝書と同時代のものであったことも頷かれるであろう。

昔ヨリ人ヲ見ニ、心ノスキモセズ、恥ナゲニフタ心ナル程ノ者ノ、仏法者ニ成タルコソ、ツヤ〳〵ナケレ。（中略）心ノ数寄タル人ノ中ニ、目出度キ仏法者ハ、昔モ今モ出来ルナリ。頌詩ヲ作リ、歌連歌ニ携ル事ハ、強チ仏法ニテハ無ケレ共、加様ノ事ニモ心数寄タル人ガ、軈テ仏法ニモスキテ、智恵モアリ、ヤサシキ心使ヒモケダカキナリ。心ノ俗ニ成ヌル程ノ者ハ、稽古ノ力ヲ積バ、サスガナル様ナレ共、何ニモ利勘ヘガマシキ有所得ニカヽリテ、拙キ風情ヲ帯スル也。少ナクヨリ、ヤサシク数寄テ、実シキ心立シタラン者ニ、仏法ヲモ教ヘ立テ見ベキナリ。

また、禅の語録は深遠な哲理を詩的表現に托している。

上堂、海に入つて沙《いさご》を算ふ。空しく自ら力を費す。塼《かはら》を磨して鏡と作す。拄げて工夫を用ふ。君見ずや高高たる山上、雲自ら巻き自ら舒ぶ。滔滔たる澗下、水曲に随ひ直に随ふ。衆生の日用は雲水の如し、雲水は自由なれども人は爾らず。若し爾ることを得ば、三界の輪廻何《いづれ》の処よりか起らん。
（『永平元禅師語録』）

これらはやや後の五山文学の淵源といえよう。

六

今まで述べてきた和歌・史伝・軍記・説話・法語等についてふり返ってみると、法語を除いては、「今」に対する「古」が何らかの形で問題とされていることが明らかであろう。和歌においては『古今集』への回帰が目指され、史伝・軍記の記述や説話の筆録に際しても、広くは古代そのもの、狭くは故実への尊信の念から出発していた。しかしながら、その対象とする歴史や社会時相そのものの特異さ、美意識の偏り等から、出来上ったものは（説話の多くを除いては）過去に類型を求め難いものとなったのであった。類型の多い和歌においてさえ、ついに全き意味での回帰はありえず、かつての『古今集』に対して『新古今集』という形を採らざるをえなかった。そこに文学史の流れが認められるわけであるが、ともかく前代を顧み、その成果を継承しようとする精神は、近世や近代の場合よりも、中世初頭において強かったといえるであろう。

和歌とともに「古」への回帰の意識の特に強かったものに、擬古物語と称される一群の物語類がある。物語評論といわれる『無名草子』や物語歌集の『風葉和歌集』、物語歌合の『拾遺百番歌合』

その他によって名前だけ伝わっている作品も含めて、二百余りもあったであろうかといわれる。『苔の衣』・『岩清水物語』・『松浦宮物語』・『風につれなき』・『いはでしのぶ』・『我身にたどる』・『あまのかるも』・『八重葎』・『むぐら』・『風に紅葉』等は、完本または残欠本が伝えられている擬古物語である。和歌における典型が『古今集』であったに対して、これら作り物語における典型は『源氏物語』であり、『狭衣物語』であった。そして、和歌においてはその典型に比肩しうる別の一典型を一度は作りえたに対し、物語の世界ではついにどの作品も亜流にすぎなかった。そのうちに時とともに貴族色・王朝色を次第に薄めていって、室町時代の物語草子へと連なってゆくのである。

なぜそうなったのであろうか。紫式部に比すべき作者が、いな菅原孝標女のように物語に淫した作者さえ出なかったから、というだけでは回答にはならないであろう。なぜ出なかったのか。宮廷社会の中世における変貌にその理由を求めることは、一つの有力な仮説であるかもしれない。ただし、それを立証するためには、その宮廷社会の変貌の実態と物語制作の実際との関わり合いを、当代の文学意識全体にも照し合せて、もっともっと究明せねばならないであろう。擬古物語の研究は、書誌的な発掘・整理こそ進捗したが、そういう面では今後に残された点が多いように思われる。

「擬古」の精神は、作り物語以外にも、中世初頭の日記・紀行において顕著である。例えば阿仏の『十六夜日記』は歌の家――一分家ではあるが――を後見する女性として、歌学意識と古典文学の教養とを背景に、『伊勢物語』東下りの中世版を意図したところがあるし、同じく先行文学の所産、特に歌枕の存在を忠実に辿っていった態度は、『海道記』・『東関紀行』にも見てとれる。一方、『建春門院中納言日記』(『たまきはる』)・『弁内侍日記』・『中務内侍日記』等は『讃岐典侍日記』などとさして変らぬ宮廷生活の記録で、中世という時代の記録であるにもかかわらず、時代色を映すことにおいては乏しい。

ここに、例外として、『弁内侍日記』の著者後深草院弁内侍と同時代を生きた後深草院二条の筆に成る『とはずがたり』は、女房日記と紀行との両面をもつものであるが、擬古的な文章の枠を通して、苦悩に満ちた一後宮女房の生涯の赤裸々な告白となりえたものであった。村上源氏という清華の家に生まれた美貌の才女は、しかし肉親の縁には薄かった。幼少の折に母を失った作者は、九歳のとき「西行が修行の記」という絵巻を見て、「難行苦行は叶はずとも、我も世を捨てて足に任せて行きつつ、花の本露の情をも慕ひ、紅葉の秋の散る恨みをも述べて、かかる修行の記を書き記してなからん後の形見にもせばやと思」うというように、早くから道心に目覚める一方では、異母妹の前斎宮への手引きをせがむ後深草院の姿を、「思ひつることよとをかしくてあれば」と観察し、また院のこの思いが遂げられるのを間近に見聞きして、「いたく御心も尽さず、はやう打ち解け給ひにけりと覚ゆるぞ、余りに念なかりし。心強くて明し給はばいかに面白からむと覚えしに」と感想を記していることからも窺われるように、その才気は、男の心を見透しはしても容易に見透されない、一種の魔性の魅力にも転化されうる性質のものであった。この家柄の高さと肉親の縁の薄さと自らの美しさと才気と、そしてそれらすべてを自覚していることとのために、作者は絶えず「心の内の物思はしさ」に苦しめられねばならなかった。幼時より後深草院の御所に養われ、長じては院の女房として奉仕しつつ、その愛をも享けるに至るのであるが、院の近臣である高位の貴族や院の護持僧を勤める高僧に挑まれると、心弱くも従い、薄氷を踏むような逢瀬を重ねるのであった。作者には、修行に対すると同様、密事に対しても惹かれる心が潜んでいるのであった。錯雑した宮廷内の人間関係で傷ついた作者は、女としての生涯の終り近く修行の旅を志して、東国へ下る。矚目するものすべてが直ちに自身にはね返って来、自己の宿命との関わりにおいて摂取される。

故ある女房の壺装束にて行き帰るが苦しげなるを見るにも、我ばかり物思ふ人にはあらじとぞ覚えし。（三島）

といい、

若宮の御社遙かに見え給へば、他の氏よりはとかや誓ひ給ふなるに、契りありてこそさるべき家にと生れけめに、いかなる報いならんと思ふほどに、（中略）又小野小町も衣通姫が流れといへども、あじかを肘に掛け蓑を腰に巻きても身の果てはありしかども、我ばかり物思ふとや書き置きしなど思ひ続けても、まづ御社へ参りぬ。（鶴岡）

とかこつが、ついに「かはくち」の旅宿で年を送るに際しては、

つら〳〵いにしへを顧みれば、二歳の年母には別れければその面影も知らず。やう〳〵人となりて四になりし長月廿日余りにや、仙洞に知られ奉りて御簡の列に連なりてよりこの方、忝く君のせんけんを承りて身を立つる計り事をも知り、朝恩をも蒙りて数多の歳月を経しかば、一門の光ともなりもやすると、心の内のあらましもなどか思ひ寄らざるべきなれども、捨てて無為に入る習ひ、定まれる世の理なれば、妻子珍宝及王位臨命終時不随者、思ひ捨てにし憂き世ぞかしと思へども、馴れ来し宮の内も恋しく、折々の御情も忘られ奉らねば、事の便りにはまづ言問ふ袖の涙のみぞ色深く侍る。

と宿命の拙さに泣くのである。そこには『十六夜日記』や『東関紀行』におけるがごとき、自然を古典的教養に基づく自己の美意識によって篩にかけ、自らの信ずる美的世界に適したものだけを賞玩するという余裕はない。都に残してきた老母に後髪を惹かれる『海道記』の著者の感慨すら、これに比すれば生ぬるい通り一遍のものでしかない。同じ海道を下ってゆくからには、『とはずがたり』の旅においても当然同じ歌枕も出ては来るけれども（その数は他の紀行のように多くはない）、それに縋ってものをいうのではなく、それに触発されて宿命への怨恨を述べ立てるのである。目に映るものすべてが自分の心の疼きをかき立てるのである。日記的部分のリアルな記述が、『弁内侍日記』や『中務内侍日記』とは比較にならない暗さの裡に、後宮の病巣を剔抉していることは、すでに何人かの研究者によって指摘されているので繰り返さない。

かくして、『とはずがたり』は、道綱母や紫式部のような平安朝の女房とかなり共通するところのある、自己の宿世を凝視しようとする眼を通して描かれたのであった。しかし、「西行が修行の仕儀羨しく覚えて」旅に出ることを決意し、それを実行しえたその志向の強さは、平安の女房にはおそらく求め難い、鎌倉時代の女性の強さであった。

七

擬古的な文章の枠内の所産という点では、『徒然草』も例外ではない。「たゞいふ言葉も、口をしうこそなりもてゆくなれ」(二二段)と慨歎した兼好は、少なくとも自身の文章においては慕わしい古さを実現しようと努めているはずであり、事実また、

心のまゝに茂れる秋の野らは、置きあまる露に埋もれて、虫の音かごとがましく、遣水の音のどやかなり。(四四段)

などという個所では、その努力はほぼ成功しているのである。生前においては二条派の和歌四天王の一人として遇されていたこの作者にとって、仮名による文章として第一に念頭に浮ぶものは、おそらく作り物語や和歌序などであったであろうから、それは怪しむに足りない。が、擬古的なのは、もとより文章だけではない。かれの精神の在り方自体が多分に擬古的であった。しばしば、当時の世評とは反対に、歌人としての兼好にはさしたる意義が認められず、かれはひとえに『徒然草』の

存在により注目されるのだということが、強調されるようである。結局そうに違いないであろうが、しかしそのつまらない当時の和歌に沈湎していたがゆえに記すことができた部分も、『徒然草』にはあるはずである。季節の推移を叙した第十九段は、自然と年中行事との交流を要領よく述べていて、当時の随筆という文学形式に最もふさわしい一段であろうが、その中で語られている景物・行事を、霞・花・橘・山吹・藤・新樹・菖蒲・早苗・水鶏・夕顔・蚊遣火・六月祓……等々と数え立ててゆくと、これは王朝末頃から次第に固定してゆく歌題の類にきわめて似てくるのであって、作者の美意識はやはり歌学を中心としたものであったことが確かめられる。また、「花はさかりに、月はくまなきをのみ見るものかは」で始まる第百三十七段は、この言葉が『正徹物語』にも引かれていて古くから有名であり、近年では「美の新様式の発見と、美的態度の発展が跡づけられる」（西尾実『日本文芸史における中世的なもの』）とまで賞揚される個所であるが、すぐ続いて「歌の言葉書にも……」といっているところからも、このようなひねった見方が当時の和歌のモチーフと無縁ではないことを自ら語っている。同じ段の中での、

男女の情も、ひとへに逢ひ見るをばいふものかは。逢はで止みにし憂さを思ひ、あだなる契をかこち、長き夜をひとり明し、遠き雲井を思ひやり、浅茅が宿に昔を偲ぶこそ、色好むとはいはめ。

などにおいても、たとえば不逢恋・絶恋・夜恋・寄雲恋・故郷恋等々の歌題や、

ゆふぐれは雲のはたてに物ぞ思ふあまつそらなる人をこふとて　（『古今』恋一）

といったような古歌が念頭に無かったとはいえない。この観念性の卓越した、近代的といえないでもない美意識は、このように王朝文芸の伝統を通してはぐくまれた点が多かったのである。二条派を中心とする当時の和歌そのものは、たしかにもはや美の形骸と化しつつあったとしても、たとえ末端肥大症であろうと、長い年代のうちに洗練されたその美意識が、随筆や連歌といった別のジャンルに流れ込み、再生している事実にまで目をつぶるとしたら、それは正しい認識とはいえないであろう。

ただ、さらに注目に値することは、かような美意識を展開させ来たった本段が、「かの桟敷の前をこゝら行き交ふ人の、見知れるがあまたあるにて知りぬ。世の人数もさのみは多からぬにこそ」というところから、無常の理へと説を展開させてゆき、

兵の軍に出づるは、死に近きことを知りて、家をも忘れ、身をも忘る。世を背ける草の庵には、閑に水石をもてあそびて、これを余所に聞くと思へるは、いとはかなし。しづかなる山の奥、無常のかたき競ひ来らざらんや。その死にのぞめる事、軍の陣に進めるに同じ。

と強い語調で締め括っていることである。一体に本書には、趣味を語る段同様、この世における無常の理を説き、世人の蒙を啓こうとする硬質な内容の段が少なくない。そこに至るとそれまでの和かな擬古文とはうって変って、兼好はある高い格調をもって説き始める。「日暮れ、塗遠《みち》し。吾が生既に蹉跎たり。諸縁を放下すべき時なり。信をも守らじ。礼義をも思はじ。この心を得ざらん人は、

物狂ひともいへ、うつゝなし、情なしとも思へ。毀るとも苦しまじ。誉むとも聞き入れじ」（一一二段）といい切り、「一事を必ずなさんと思はば、他の事の破るゝをもいたむべからず。人の嘲りをも恥づべからず。万事にかへずしては、一の大事成るべからず」（一八八段）と説き、「いきほひありとて頼むべからず。こはき物先ほろぶ。財おほしとて頼むべからず。時のまに失ひやすし。才ありとて頼むべからず。孔子も時にあはず。……」（二一一段）と畳みかけてゆく。これらの、他に働きかける強い説得性は、自己完結的な『方丈記』の議論とは明瞭に異質のものである。それは一体どこから由来するのであろうか。

『方丈記』の件りで長明にとっては自らの心の在り方が残された問題であったと記した。『徒然草』では兼好はもはや自らの心を直接の問題として取り上げようとはしない。「人の心は愚かなるものかな」（八段）というとき、問題となっているのは普遍的な人間の心であって、かれ自身の心ではない。「若コレ、貧賤ノ報ノミヅカラナヤマスカ、ハタ又、妄心ノイタリテ狂セルカ。ソノトキ、心更ニコタフル事ナシ」と、ぎりぎりの所まで自らの心を追い詰め、これと対決する長明のすさまじいまでの自己凝視は、兼好には見出されない。それは単に両者の資質的な相違だけに帰着せしめうる問題かどうか。場所柄を弁えず興の赴くままに、秘伝を許されてもいない琵琶の秘曲を弾じて、後日の悶着を惹き起したという長明には、たしかに自己の問題にとり憑かれると、他の一切は見えなくなるという傾向が見られないでもない。これに対して、兼好は一切の虚妄が見えすぎてしかたがないというタイプの人間であった(小林秀雄「徒然草」)。かの虚言に関する観察(七三段)を始めとして、種々の人間観察を試みた諸段にそれは明瞭に看取される。しかしながら同時に、やはり両者の生きた時代の相違をも無視することはできない。源信などの説く浄土思想は専ら個人の往生を問題としていた。長明は深くそれに薫染されていた。けれども、鎌倉時代末までには仏教を中心とした思想界もかなり変貌してきている。究極においては個人の魂の救済を目指すにせよ、社会集団の中でそれを考えてゆく傾向が強い。社会から孤絶した個人というものが考え難くなっている時代であった。「そのうつは物、昔の人に及ばず、山林に入りても、餓を助け、嵐を防ぐよすがなくてはあられぬわざなれば、おのづから世を貪るに似たる事も、たよりにふればなどかなからん」(五八段)と兼好が告白せざるをえない所以である。すでに長明について、世に対する関心の強さを指摘したが、その世はいわばかれをいびり出した苛酷な世であった。自身にとって辛かったその世を否定するために、かれはその否定面を一つ一つ取り上げてゆくのである。これに対し、兼好の出家は必ずしも世の敗者たるがゆえに選ばれたともいえない。そして出家後はいわば市隠としての生活を送っている。兼好の時代にはそのような型の遁世者が多かった。招かれれば歌や連歌の会にも臨む。能書のゆえに文盲の武人の代筆さえもする。かれらは中世初頭におけるがごとく孤独な存在ではありえない。そのような両作家の在り方の相違は、やはり時代相の差に基づく点が多いに違いない。

しかしながら、文学の創造に与る者の一人として、兼好にとってもまた、人間の精神の在り方、人間は何ゆえに尊厳であり何ゆえに卑小であるのかという疑問が、常に第一の問題であったことは疑いない。ただ以上述べたような時代思潮やかれ自身の資質と相俟って、かれはこの問題を考える際に、もとより自己の問題に出発しながらも、これを普遍的な人間全体の問題として捉えることができたのであった。かれにおけるこの視界の広さと視点の高さとが、あの強い説得性となって現われたのであろう。

八

兼好の生きた鎌倉時代末から南北朝時代にかけては、それまでわずかに命脈を保っていた古代的なものが根柢から崩れ去ってゆき、武士による土地の中世的支配が徹底的に進行しつつある時期であった。古代勢力と新興勢力との間の、乃至は新興勢力や古代勢力相互間の抗争は次第に激化し、常態化して、ついには戎馬が全国を覆うに至る。この後、家康による天下統一まで三世紀近くに及ぶ長い年月にわたって、時期による消長はあるけれども、内乱が根絶されることはなかった。

この混乱期に、混乱した事態に対する省察がなされなかったわけではない。それはまず、『神皇正統記』・『梅松論』・『増鏡』のような史伝・史論・歴史物語となって結実しているし、さらに『太平記』・『明徳記』その他の軍記物を生んだ。

南北両朝の対立抗争の渦中において、その抗争の一方の指導者北畠准后親房によって執筆された

『神皇正統記』の意図するところは、

抑、神道ノコトハタヤスクアラハサズト云コトアレバ、根元ヲシラザレバ猥シキ始トモナリヌベシ。其ツキエヲスクハンタメニ聊勒シ侍リ。神代ヨリ正理ニテウケ伝ヘルイハレヲ述《のべむ》コトヲ志テ、常ニ聞ユル事ヲバノセズ。シカレバ神皇ノ正統記トヤ名ケ侍ベキ。

というその序文によって明らかであろう。前に記したごとく、しばしば中世初頭における慈円の『愚管抄』と対比せられる作物であるが、拠り所とするものは、彼においては仏法であったに対し、此では神道であることから、全体の色調はかなり異なる。歴代の帝紀を述べながら、時折脱線して天竺・震旦の故事を引きつつ議論をさし挿む。そこに著者の面目躍如たるものがあり、興味深い。

タヾシ其源ニモトヅカズトモ、一芸ハマナブベキコトニヤ。孔子モ「飽食テ《アクマデニクウ》終日ニ心ヲ用所《もちゐる》ナカランヨリハ博弈ヲダニセヨ。」ト侍メリ。マシテ一道ヲウケ、一芸ニモ携ラン人、本ヲアキラメ、理ヲサトル志アラバ、コレヨリ理世ノ要トモナリ、出離ノハカリコトトモナリナム。一気一心ニモトヅケ、五大五行ニヨリ相剋・相生ヲシリ自モサトリ他ニモサトラシメン事、ヨロヅノ道其理一ナルベシ。（上巻・嵯峨）

などという一節には、『徒然草』と一脈相通ずる物の考え方を見出す思いがする。とはいうものの、本作品をどのように文学史上に位置せしめるかは、国文学研究者の側で今後なお慎重に検討すべき問題であろう。

ほとんど史実の記述と論評とより成る『神皇正統記』に比すると、『源氏物語』の著しい影響下に王朝風の描写を繰り返す『増鏡』は、文学作品としての性質が顕著である。事実、時には虚構をも設けて、物語的興味をもって読者を繋ごうとする意図が窺える。たしかによくこなれた擬古文は流麗で、出来のよい古物語の世界に遊ぶような感はあるのであるが、承久の乱、文永・弘安の役、元弘の乱等々の大事件を含む時代を対象としているにもかかわらず、筆者の関心事は狭い公家社会の年代記からさほど出ているとも思われないのは、中世の文学として特記するだけのものには乏しいのではないかと思わせるのである。しかしまた、王朝以来幾多の物語や詩歌を生み育ててきた宮廷社会が、南北朝を境として一挙に凋落することを思えば、その最後の光輝――しかも頽廃に瀕した光輝を謳ったものとして、やはり見遁すことはできない。擬古物語や『新古今』以後の和歌などの文学性を考える際にも、それらを育成した宮廷社会の精神風土を物語っている点で、本書は顧みられてよいはずである。

北条高時のいわゆる暴逆、元亨（一三二一―三）頃の政情より説き起して、貞治六年（一三六七）、細川頼之の上洛に終る『太平記』全四十巻は、中世初頭の『平家物語』とともに軍記物の白眉には違いないが、その世界は必ずしも前者と一致する面ばかりであるとはいえない。しばしば繰り返した先規を重んずる考え方は、これらの作品に関しても例外ではなく、『太平記』を読み進めてゆくうちには、『平家物語』に類型を求めうる表現、話の運びなどによく遭遇するのであって、そういう点での一致は否定できない事実であるが、にもかかわらずわれわれはやはり『平家』とは異質なあるものを感ずる。それは何であろうか。それは彼我における仏教色、特に浄土教的色彩の濃淡と、それに逆比例する大義名分論のごとき儒教思想の強弱といった差異に求められるであろう。王朝文化の落日に際してひときわ悲愴に謳われた詩と、もはや歌い上げようもない苛酷な中世社会の現実との対照といってもよいかもしれない。華麗な対句より成る「祇園精舎」の章に始まる『平家物語』は、女院の往生をもって閉じられていた。その間やや後代の増補というが、祇王の話あり、横笛の話ありで、個人の往生譚は重要な部分を担っていた。『太平記』においては、敵の追求を遁れるための出家は時折語られることがあるけれども（巻二十七での直義の出家、巻二十九での師直らの出家など）、個人の往生譚として印象に残るものはない。巻十三における藤房の遁世も、藤房個人の出家後の境涯はぼかされて、その儒教的経世思想の容れられなかったことに力点が置かれているのである。往生とはいえない異常な死についても、『平家物語』は力を籠めて語っていた。清盛のあっち死や義仲の戦死などがそれである。しかし、『太平記』においては、もはや人の死はさしたる感動をもっては語られない。名将義貞の戦死も、義仲の場合と似て深田の中での苦戦の結果で、

急所ノ痛手ナレバ、一矢ニ目クレ心迷ヒケレバ、義貞今ハ叶ハジトヤ思ケン、抜タル太刀ヲ左ノ手ニ取渡シ、自ラ頸ヲカキ切テ、深泥ノ中ニ蔵《カク》シテ、其上ニ横テゾ伏給ヒケル。（巻二十）

という壮絶なものではあるが、

木曾殿は只一騎、粟津の松原へかけ給ふが、正月廿一日入あひばかりの事なるに、うす氷ははッたりけり、

> ふか田ありともしらずして、馬をざッとうち入たれば、馬のかしらも見えざりけり。あおれども〳〵、うてども〳〵はたらかず。今井が行えのおぼつかなさに、ふりあふぎ給へるうち甲を、三浦の石田次郎為久、おッかゝッてよッぴゐてひやうふつとゐる。いた手なれば、まッかうを馬のかしらにあててうつぶし給へる処に、石田が郎等二人落あふて、つゐに木曾殿の頸をばとッてンげり。
>
> （『平家物語』巻九）

の一節に漂う哀感は味わうべくもない。尊氏（巻三十三）や義詮（巻四十）の病死もまことにあっさりと片付けられている。著名な正成・正季兄弟の自害（巻十六）はこれらの中でかなり委曲を尽して描かれているけれども、これも大義名分の鬼のごとき描き方で、そこに人間的共感の起り難いようなものに終っている。結局、『太平記』には『平家物語』に見られたような仏教的な哀愁を湛えた詩情も乏しければ、魅力に富んだ個性の強い人物も求め難いのである。『平家物語』では、その根本的な性格は貴族社会の年代記的なものであったであろうと強調したが、『太平記』ではもはやそうはいえない。むしろその基本的な性格は、武家社会の年代記的なものに求められるべきであろう。これを要するに、現実注視といっても『平家物語』にはまだまだ王朝文化の残照による抒情性がかなり濃厚に認められた。ここにおいてそれらはほとんど薄れ、混乱した現実を混乱のままに受け取る態度が明瞭である。巻二十三「雲客下車事」や巻三十三「飢人投身事」の章などは、その一例であろう。

なお本書が後代の文学に及ぼした影響も『平家物語』とともに深甚であるとされるが、その影響も『平家』の場合は謡曲のような詩劇に直接素材を提供していることが多いのに対して、本書の場合はその登場人物を主人公とする謡曲の名作には乏しく、むしろ江戸時代の読本のような叙事文学に影響を及ぼしている。この一事を見ても、両者の間に逕庭の存することは推察されるであろう。

『太平記』は、最初にも述べたように、貞治六年細川頼之が上洛し執事となったので、「中夏無為ノ代ニ成テ、目出カリシ事共也」と終っている。しかしながら、本書を通読し来たってここまで至ったとき、この結びをそのまま受け取る気にはなれないであろう。南北の争乱は長びくにつれて、敵味方は入り乱れ、内訌・分裂は両軍側で相次いで、泥沼に陥ったような混戦状態を呈するに至る。果しなく小競合いが続けられ、それが常態化してしまったのが、室町時代の世情であった。それは年表の類を開けば一目瞭然である。こういう有様では、『太平記』作者がいくら書き継いでいっても、もはや千篇一律の合戦記録から脱することはできなかったであろう。『平家物語』の纏った構成に比すればまことに締りのないものの、四十巻で打ち切られたことは、本書の文学性のためにまだしも幸いであったかもしれない。

しかし、その後も飽くことなく内乱は続き、それらはそれぞれの戦記を生んだ。『明徳記』もその一つである。本書は義満と山名氏との抗争の顚末を綴ったもので、その奥に、

右ノ本為ニ㆓末代記録ノ㆒御合戦ノ後日ニ承リ及ブニ随ヒ註シ㆑之ヲ置ク之処、号ス㆓明徳記ト㆒……

とあるのは、このような軍記物の成立契機を物語るものとして注目されるが、文学としてはきわめ

て低調である。『平家』におけるようなある必然性はとうてい認められないと思われる道行風の文章の存在などは、浅薄でさえある。以後の作品もおおむねこの方向——記録性を目指す方向——を辿ったものであろう。それゆえ、これらの群小軍記が文学史において果す役割は、軍記物の成立事情、享受され方等の解明のための資料という以上に、さして大きいとは思われない。

九

日常卑近な、または苛酷な現実の世界では実現し難い、高遠なもの、甘美なもの——要するに理想的なものを文学作品に求めるという読者の態度は、時代によりある程度の差異はあろうが、いつの世にも渝りなく存するものであろう。享受者の求める夢を具現するということは、たしかに文学作品が有する基本的な性質の一つに違いない。王朝初期の作り物語においては特に著しかった、この作品世界における理想的なものの実現という傾向は、その後時代の下るとともに散文の世界においては次第に薄らいではいったが、消滅することはなかった。中世初頭の軍記物語は、すでに何度か繰り返したごとく、本来現実を注視し、これを記録して後代に伝えようという旺盛な記録精神、散文精神に立脚するものであるから、当然その大筋においては、現実の理想化は認め難いはずである。にもかかわらず、特に『平家物語』などにおいては、王朝物語の名残りをとどめる挿話的な部分には、前代と変らぬ——しかしさらに仏教色に濃く染められた——手法での人物等の理想化が見られるし、橋合戦や宇治川の先陣争い、扇の的等の著名な合戦場面では、新たな評価に基づく武人たちの行動の理想化が始まっている。『平家物語』よりも一層現実主義的傾向の強い『太平記』にも、それは依然として継承されている。前に大義名分の鬼のように描かれているといった楠兄弟はその著しい例であるが、なお例は少なくないであろう。

現実の理想化の内でもっともてっとり早いのは人物の理想化・典型化である。武人である場合は、英雄の創造である。『保元』・『平治』両物語における鎮西八郎為朝や悪源太義平も、英雄的な人物として描かれていたことはたしかであるが、次第に読者はその程度では飽き足らなくなってきた。英雄が主人公として君臨し、一切がその英雄を主軸として展開する作品世界を求めるようになった。ここに『義経記』・『曾我物語』や、中世小説のうち武人を主人公とする一群の武家物（武勇譚）等が生まれる。凡卑な庶民は武勇に対すると同様、尊貴なものに憧憬を抱く。それは英雄に代って貴公子や美女の登場する公家物の小説となって具体化された。現実を忘れて空想世界に遊ぼうとした傾向は、中世小説全体にかなり顕著に認められるが、異国趣味を取り込んだ本地物や伝奇的な怪婚譚では甚しいものがある。

平家追討の戦いにおいて大きな功績のあったにもかかわらず、兄頼朝に疎んぜられたため、西国へ奔ろうとし、それも挫折して、厳重な警戒網を潜って奥州藤原氏に身を寄せたものの、ついに衣川の館に敗死した義経の運命は、多くの人々の同情を集めるところとなった。義経の一代記は、人人のかような同情に出発した要求の下に、若干の記録や『平家物語』等に見出される記述をもとより利用し、その周辺にそれら以外の多くの伝承を雪達磨式に取り込みながら、成長していったものであろう。それゆえに、以前『平家物語』や『太平記』等の軍記物語の件りで強調した記録性はきわめて稀薄で、むしろここにおいては創造性・虚構性の卓越していることが認められる。これを軍記物と扱うよりは、むしろ長篇の中世小説と処理することが妥当ではないかと考えさせる理由も、この辺にあるかと思われる。そのでき上った形を『義経記』に見ると、全八巻の記述は専ら義経の少年時代と、その落ち目になってから敗死するまでとに集中し、その悲劇的な生涯を浮き彫りしようという意図が明白である。そして義経像の理想化は、武人としてのそれの一方では公達としてのそれが認められ、全体としてはむしろ後者の占める割合が多いのではないかと思われる。義経は牛若といった少年の頃から敏捷で、打物取っての戦いにも巧みであり、敵に対しては容赦なく振舞う一方、家来に対してはおおむね深い思い遣りを示し、それがためにかれらの心服を得ている。が、同じ情の濃やかさは多くの愛する女性たちに対すとき特に甚だしく、それは時として武人らしからぬ女々しさとなり、家来の顰蹙を買うほどである。ここに義経像における勇将と源家の御曹司＝貴公子との分裂が見られるのであって、その文章の稚拙さとともに、『義経記』に文学作品としての未完成なものを感じさせる一因を成していると思われるが、それは先述したごとく、武勇に対してと同様高貴なものに憧れる当時の読者の要求に最も忠実であった結果なのである。

この作品を読んで気づくことは、時折読者に対して教訓を垂れるような草子地が挿入されることと、不遇であった義経の生涯を描いているにもかかわらず随所にユーモアが漂うことである。例えば、巻二で湛海をして義経を殺させようとした鬼一法眼の計画が失敗し、娘も歎き死にしてしまったことを述べた後、

後悔底に絶えずとは此事、たゞ人は幾度も情あるべきは浮世なり。

といい、巻六で都に潜伏していた忠信をその愛人が訴人した件りでは、

すべて男の頼むまじきは、女也。

と評しているのはその例である。つまりある程度の教訓性が籠められているという点でも、この物語は世にお伽草子と称されることの多い中世の短篇小説に通うところがある。ここでついでに、中世小説の教訓性について一言すれば、これもいちいち取り出して述べる煩に堪えないくらいであるが、『福富草子（福富長者物語）』が、

人は身に応ぜぬ果報をうらやむまじきことにぞ侍る。

という文で始まり、妬婦を扱った『磯崎』は冒頭に「人の辛きが身の憂きと思ひなせ、憎み妬む事あらじ」というだけでは済まず、締め括りにも、

よく〳〵断りて人を憐み、たゞ嫉む事勿れ。女人の為にこの物語書き置くなり。

と繰り返しているなどは、その典型的な例であろう。

さて『義経記』に立ち帰り、そのユーモアは主として弁慶の登場によって醸し出されている。吉野の僧兵たちに追われながら雪の吉野山中を主従が落ちてゆくとき、弁慶は長々と故事を語りながら沓を逆さまに履かせるが、忽ちその計略も顕われて追懸けられ、義経の非難も「聞かぬ由にて鉦を傾けて、揉みに揉うでぞ落ちゆきける」というあたりや、その直後谷川を跳び越えようとして失敗し、冷水に落ち込んで救われた後、「過は常の事」と澄し込んでいる件り、伐り竹の計略で追手を谷川に陥れ、「……冬も末になりぬれば、法師も紅葉て流れたり」と舞い囃すあたりはその例である。北国落ちの際、作り山伏となった義経が稚児に扮した北の方を見て、「義経山伏に似るや、人は児に似たるぞ」といい、また弁慶が、「いざや北の方の御足早くなし奉るべし」と片岡に入れ智恵してわざと主を見棄てる擬勢を示すことによって、スピードを上げさせたという話も、ペーソスの裡にユーモアを湛えたものである。このような諧謔性もまた、中世小説の多くのものに共通するものであった。

総じて日本古典文学における笑いについて考えてみると、上代文学では『万葉集』における無心所着の歌、中古や中世前期の文学においては主として説話文学に笑いの文学を認めることができるのではあるが、無心所着の歌は多くナンセンスな笑いであり、説話文学での笑いは暴露的な哄笑や貴族の意識に照して嗤笑されるべき人物や事柄など（紫野子日御幸における曾禰好忠の話などはその典型であろう）をあげつらったものが多かった。それらの笑いに対して、『平家物語』の宇治川の章で

「敵も御方もこれをきいて、一度にどッとぞわらひける」という大串次郎重親の徒立ちの先陣の話や、『義経記』におけるこのような笑いは、主として人間性のさまざまな面が現われやすい一種の極限的な状況における機智や余裕ある精神に基づくものであり、『義経記』においては特に作為的であることは否めないが、前述のごときナンセンスな笑いや狭い価値観に基づく嘲笑よりはやや進んだ、健康なものとなっていることも認めてよいと思う。

もとより中世小説の中には、前にも触れた『福富草子』のように、依然として読者のをこな笑いに媚びたものもあったし、『猿源氏草子』のように衒学的な知識の不調和感が生む笑いや、『猫の草紙』のように理屈っぽい笑いもあった。質的にすべてが進んだ笑いであるとはいえないが、しかし、後述するであろう能狂言などとともに、この時代の散文がそれまでの古典文学において比較的細い流れであった笑いの文学を幅広いものにしたことは、十分注目に値することである。庶民は英雄や美姫の非運薄命に涙する一方では、笑いを欲するものでもある。とすれば、これもまた、当時の読者の要求に自ずと従った結果に違いない。

『義経記』とともに長篇の形を採った作品に、『曾我物語』がある。これもまた広い意味においては軍記物の範疇に入れられるものではあるが、曾我兄弟の復讐は結局のところ頼朝の家人社会における一私闘にすぎず、源平の争乱や（これを背景の一部としていることは事実だが）、南北朝の争いなどとはまったく性質や規模を異にしているのであるから、むしろ頼朝治世当時の多分に殺伐な武士社会に取材した武士小説と考えた方がよいであろう。しかし、それは武士たちのために書かれた文学ということを意味するのではない、本書の読者としてはもっと広汎な階層の人々を考えるべきであろう。遠く日本の開闢から説き起し、事件の遠因を成した伊東（川津）二郎の悪計、それに引き続く伊東二郎と工藤との所領争いを詳述し、巻三よりようやく兄弟の登場となり、艱難の末かれらが本懐を達して殺された後、神に斎われたこと、その愛人の出家まで説き及んで終る十二巻（流布本）のこの物語は、もとより幼な心に植えつけられた復讐の志を年とともに育んで、ついにその目的を達した兄弟の短い生涯に対する、人々の倫理的共感から生まれたものには相違ない。が、本書もまた唱導などが結びつくことによって大きく成長していった跡が辿れるという。インド・中国・日本の三国にわたる故事の引用の多さなどもそのせいであろうし、儒仏神の三教の説教が随所に顔を出すのも同じ理由であろう。『義経記』や中世小説について述べた教訓性はここでは一層甚だしいものがあるのだが、それと無関係ではないものとして、その啓蒙性も著しい。例えば巻五で、

そもく、五郎がふじ野にて、会稽の恥をきよむるといひけるゆらいをくはしくたづぬるに、むかし異朝に呉国越国とてならびの国あり。

というところから、話はそれて文庫本で延々十七、八ページにわたって呉越の合戦を語る。その直前には「賢人二君につかへず、貞女両夫にまみえざる事」が、直後にはまた「鶯かはづの歌の事」

が語られる、といった具合である。これらを読むことによって、当時の読者は知識を身につけ、また道徳を学んだのであろう。これらの傾向も中世小説や『太平記』等に共通のものであった。ただ、『曾我物語』は全体として諧謔には乏しく、文章は『義経記』よりも破綻は少ないがそれだけ冗長の感がある。これも僧侶等の口を経て語られたことによるのであろうか。

中世小説については、なお取り上げるべき点が多い。この類の作品において重要な一群を占める公家物は、遠く『源氏物語』等中古の作り物語に源を発し、擬古物語を経てここに至っているもので、この径路を辿ると物語文学の推移の跡を確かめることができるに違いない。大ざっぱにいって、そこには文学精神が頽廃衰微の一途を辿るのを認めないわけにはゆかない。高度な貴族文化が支えた文学精神は、その文化の衰退とともに地に堕ちざるをえないのである。しかしまた、一旦地に堕ちないことには、物語草子の新生もありえないわけである。『猫の草紙』のごとく、中世小説のあるものの成立は近世初頭にまで引き下げられると考えられるし、近世初期においては、中世小説（お伽草子）と仮名草子との境界も時として曖昧であるといわれる。近世小説への架け橋となったという点でも中世小説は重要な意味を有するのであるが、心理のひだの細かな描写等は切り捨てて、王朝の物語から見ては最も単純な所まで堕ちていたがために、かえって近世庶民の小説の母胎となりえたという機微が、そこには潜んでいるのであろう。

以上述べたように、中世も次第に下るにつれ、文学の中心は貴族による貴族のための文学（和歌・擬古物語）から、貴族社会の落伍者・離脱者による文学（『方丈記』・『徒然草』他）、僧侶たちによる布教のための文学（法語・説話のあるもの）、武士社会のための文学（『太平記』・『明徳記』）等へと移ってゆき、こうして室町時代においては庶民の好みに副った作品が生まれるに至った。ただ、その作者たちが社会のどのような階層に属する人々であったかについては、今後の検討に委ねられている。

十

では、最も貴族的な文学である和歌はその後どういう径路を辿ったであろうか。

王朝末から中世初頭にかけての和歌について述べた第一節において、『新古今集』の意図したものは宮廷文芸としての秀歌の完成であり、『古今集』への回帰であったろうと結んだ。『新古今』以降の和歌はどうであったか。『新古今』成立後の宮廷社会は間もなく大きな打撃に見舞われた。後鳥羽院政が北条執権政治の前に潰えた承久の乱である。実はこの内乱は、それ以前から進行してきている、荘園領主に代っての武士たちの社会支配が滲透してゆく過程での、両勢力の矛盾の一つの激しい現われにすぎなかったのであるが、貴族たちの意識においては決定的であったであろう。これ以前の源平の争乱は、その本質は奈辺にあるにせよ現象的には武士同士の争いであった。身辺に火の粉が降りかかってこないかぎり、貴族は晏如としていられたのである。それに対し、これは何人の目にも明白なように、貴族の上に君臨する上皇と東夷と卑しまれていた武士の統領である執権との争いであり、上皇はその結果遠島に遷され、ついに帰洛することはなかったのである。上皇の敗北は貴族社会の敗北であった。

この敗北感が広く貴族文化、狭くはその文学に影響しないはずはないであろう。どのようにひいき目に見ても、『新古今』以後の和歌には、嘗て見られたような光彩はもはや認めうべくもない。そのことを実証的に確かめようとして、研究者の努力は、『新古今集』からその次の勅撰集である『新勅撰集』への推移の過程、両集の差異の闡明、さては両集共通の撰者であり作者であった定家の詠風の変遷の解明へと向けられている。それは今後ともいよいよ詳細になされるべきであるが、巨視的にいえば、やはり『新勅撰』は、そしてそれ以後の和歌は、かつて『新古今』がもちえたような一種の張りとつやとをもはやもちえなかったといわざるをえないであろう。同じく宮廷文芸としての秀歌の完成を目指し、『古今』への回帰を意図しつつも、その宮廷社会には往時のごとき権威はもはや認められず、したがって『古今集』撰者たちが謳歌したような、政治に資するものとしての和歌の存在意義も薄れてきては（『徒然草』一二二段参照）、詠歌を支える詩的精神も衰えざるをえない。精神が衰えれば作品そのものが固定し、清新さが失われてゆくのは当然である。かくして、第二第三の『源氏物語』を目指しつつ、多くの擬古物語がはるかに低次のところにとどまったと同じような径路を取って、中世の和歌はマナリズムと化し、武士や富豪のアクセサリーに堕していった。

それらの中で、京極派と称した、定家の子孫の一分派に属する歌人たちの手による『玉葉』・『風雅』の両集は、新しい美を発見したものとして、近年とみに注目されている。たしかにそこには、

風はやみ雲の一むら峯こえて山みえそむる夕立の跡　伏見院
山風の吹き渡るかと聞くほどに檜原に雨のかかるなりけり　永福門院
遠方のむかひの峯は入日にてかげなる山の松ぞ暮れゆく　従三位親子
（以上、『玉葉集』）
雨そそく柳が末はのどかにてをちの霞の色ぞくれゆく　藤原公宗
ならびたつ松のおもては静かにて嵐のおくに鐘ひびくなり　伏見院
（以上、『風雅集』）

等に見られるように、微妙な光と影との交錯やかそけき物音の交響などが捉えられているのではあるが、それはもはや『古今』への回帰を断念しかけたところに生まれた、主として中世貴族の生活の中での詩歌の佳作であり、『新古今』とはかなりの逕庭を有するのである。よしそこに和歌の世界における中世美が始めて成立したと見なしうるにせよ、嘗ての『新古今』のごとく、浪漫的な空想の飛翔を伴うことが少ないのは、やはり王朝文芸としては変質してきていることを自ら物語っているのである。

歌人たちが長い間育ててきた美意識は、中世中期以降では、もはや作品においてよりも歌論において鮮やかに定着している。この時期は歌人の美意識が整理される時期に相当しているのであった。例えば、

杜子美が詩に「聞雨寒更尽、開門落葉深」と云ふ詩の有るを、我等が法眷の老僧の有りしが、点じ直したる也。昔から「雨と聞く」と点じたるを見て、「此点悪し」とて「雨を聞く」と只一字始めて直したり。只一字の違ひにて、天地別也。「雨と」と読みては、始めから落葉と知りたるにて、その心狭し。「雨を」と読みつれば、夜はたゞ真の雨と聞きつれば五更既に尽きて、朝に門を開きてみれば、雨にはあらず、落葉ふかく砌に散りたり。此時始めておどろきたるこそ面白けれ。されば歌もたゞ文字一にてあらぬものに聞ゆる也。

(『正徹物語』上)

というような一節には、観念的に研ぎ澄された中世歌人の美意識の一角が露頭しているとの感が深い。この美意識は連歌の世界へと継承されていった。

十一

平安末期あたりからしきりと試みられるようになった題詠、特に百首歌という詠歌の方法は、歌を詠むことを、他者との接触・交渉によって誘発されることの少ない、個々の作者の創作行為、要するにきわめて閉された表現行為としていった。和歌が本来もっている会話性・社交性乃至は日常

生活性といったようなものは、和歌の世界からついに消滅することはないのであるが、時代の進むにつれてそれらが減少してゆき、それらに代って創作性が増大してくることは事実である。が、それは会話性・日常性をもった一種の詩が不要となったことをも意味するものではない。そのような機能を果す詩は、おそらくいつの時代においても必要であるに違いない。『万葉集』の昔から行なわれていた、短歌の上句と下句とを二者が詠み分けることによって唱和するいわゆる短連歌が、平安も末期に進むにつれ盛行し始め、ついに源俊頼をして『金葉集』に連歌の部を設けさせるに至ったには、そのようにして会話性・日常性の稀薄になった和歌に代るものへの要求を、人々が感じ出したことの反映という面も考えられると思う。和歌は創作性という荷を負わされて重くなりすぎた。それで人々は、詠歌の合間には、軽い連歌に興じたのである。

会話は、対談から三者またはそれ以上の座談へと発展すると一層興が湧く。いわば対談に相当する短連歌から、長句・短句を交互につけてゆく(鎖る)長連歌、いわゆる鎖連歌への展開は自然である。当初は、『今鏡』に断片的ながら窺われるように、座談の場は宮廷の内であったであろうが、中世社会はそれを武士の館あるいはまた、雑人の立ち混る巷へと拡げた。社寺の名花の下に人々は集まって、この文学的座談に興じた。座談会では飛び入りで横槍を入れたり、人の話をひったくってしゃべる者も出る。それが時としては沈滞を破り、雰囲気を盛り上げる結果にもなる。単調は何よりも禁物である。当意即妙に機智を働かして変化をもたせねばならない。湿っぽくなったその場の気分を引き立てることも、時には必要である。連歌も同じである。『今物語』に「此世の連歌の上手と聞ゆる人々」の連歌しているのを立ち聞いていた乞食法師が難句を見事に付けて、定家を感歎せしめたという話が見えているが、これは飛び入りが話題をさらった例である。また、次のような説話もある。

東の入道病の床にふして日久し。頼みなく覚えければ、日来あそびなれたる歌仙よびて、最後の会と思ひて、月の夜病床にふしながら、亭主、

あはれげに今いくたびか月をみん

発句には禁忌に覚えて、人々付け煩ひたりけるに、簾中に、

たとへばながき命なりとも

此句あまりにおもしろさに、心地宜しくなりて、そのたびはたすかりたりけり。妹の若狭の局の句也。

(『沙石集』巻五)

とっさの機転でその場の忌々しい空気を救った例である。まことに連歌は場の文学であり、時の文学であった。

連歌において時と場が重んぜられたことは、二条良基の左のごとき主張によく現われている。

一、一座を張行せんと思はば、まず時分を選び眺望を尋ぬべし。雪月の時、花木の砌、時にしたがひて変はる姿を見れば、心も内に動き言葉も外にあらはるゝ也。おなじくは、眺望ならびに地景あらん所を選ぶべし。山にも向ひ水にも望み風情をこらす、尤も其の便りあり。稠人・広座・大飲・荒言の席、ゆめ〳〵

張行すべからず。すべて其の興なし。……時をうかゞひ折をえて、この道の好士ばかり会合して、心を澄し座をしづめて、しみ〴〵と詠吟して秀逸を出だすべし。

（『連理秘抄』）

というのがそれである。「この道の好士ばかり」と限定したのは、

上手の一座は、上は長閑にて早くゆくなり。下手の寄合ひたるは、或はつまり或は物騒がしくて、感興を催さず、風情を失ふ也。

（同）

ということが経験的にいえるからである。

これは連歌が文学として完成した南北朝に説かれた、その理想的な在り方についての論であって、その制作方式も確立していない初期はもとより、室町時代に入って後も、実際の連歌張行の場が常にそのようなものであったとは思われない。かの著名な『二条河原落書』の言葉を思い合せれば、地下の連歌においては「稠人・広座・大飲・荒言の席」がむしろ多かったことであろう。本来座談は固苦しくないはずのものである。しかし、地下の連歌と堂上の連歌との交渉がたび重なるにつれ、前者の俗は後退し、後者の雅が卓越してきた。その結果貴族的な観点における文学性は向上したのであるが、粗野な表現に潜む生新な感覚は影を潜めた。俳諧の連歌の勃興するまで潜流となったといってもよいかもしれない。以下、連歌の展開の跡を概叙しておきたい。

鎌倉時代の中期から末期にかけて、地下の花の本の好士の内から、道生・寂忍・無生・善阿のような名手が輩出している。善阿の弟子が南北朝に活躍した救済、救済の弟子が周阿である。「救済

は善阿を学びて善阿を捨てたり。周阿ごときも救済に似ぬ所もありき」(『十問最秘抄』)といわれている。そう評した良基もまた救済の門弟で、かれが編纂した最初の選歌撰集である『菟玖波集』も、救済の協力を得て成立したのであった。良基は武家の執奏によって同集を勅撰に准ぜしめることに成功し、貴族文学における連歌の地位を大いに高めたのみならず、幾多の連歌学書を著わして、その理論的啓蒙や方法論の確立に努めた。『連理秘抄』・『十問最秘抄』・『筑波問答』・『九州問答』・『知連抄』その他がそれである。良基の弟子に梵灯庵主(朝山師綱)がいた。宗砌・心敬・智蘊・専順等はこの人の門下である。かれら連歌七賢(この四人に行助・能阿・宗伊を加える)の時代は、応仁の大乱によって社会の荒廃がその極に達した時期に相当する。七賢の一人心敬は、もともと連歌界の局外にあって孤独に風吟した人であったが、この大乱を避けて相模国大山の麓に隠栖し、ついに帰洛することなくかの地に没した。『ささめごと』・『ひとりごと』・『老のくりごと』・『岩橋』・『馬上集』・『心敬僧都庭訓』等の学書があるが、『ひとりごと』・『老のくりごと』等には乱世への慷慨が窺われ、随筆としても優れたものとなっている。良基の孫一条兼良も連歌を愛好した貴族であったが、やはりこの乱によって焦土と化した都に留まることを得ず、奈良なる息尋尊の許に身を寄せた。その体験から、連歌論書『筆のすさみ』において、かれもまた、

昔も例すくなく、今行末有難く覚侍るは、応仁の今の乱りにぞ侍べき。……事のおこりを訪へば、かゝる乱に成べき程の事にもあらざりけり。昨日までは親子の如くにありし者も、今日は虎狼にむかへる思ひを

なして、互に失はんことを心ざし、楚漢の戦の島溝を隔てしためしにも成にけり。……仏法王法のほろぶべき時至て、諸天善神も助くる力つきぬるにや、今は竜虎の闘になり侍れば、敵も味方も共に亡びざらむ限りはしづまり難くこそみえ侍れ。

といい、『菟玖波集』以後の連歌撰集として編んだ『新玉集』の草稿が、群盗のために散佚したことを歎いている。連歌はこのような乱世のさ中にあっても捨てられることなく、広く愛された文学であったのである。

乱後の連歌界を指導したのは、心敬に学んだ宗祇・兼載等であった。かれらを中心として（途中から両人の間には隔意が生じたけれども）『菟玖波集』に次いで勅撰に准じられた撰集『新撰菟玖波集』が成立するに至る。宗祇は出自も定かでないほど卑賤の身であったというが、連歌師のみならず古典学者としても当代一流で、地方へ中央文化を伝播した功績も大きい。句集としては『萱草』・『老葉』・『下草』等、学書としては『長六文』・『吾妻問答』・『老のすさみ』・『分葉』等、その他多くの古典注釈書を著わした。弟子肖柏（夢庵）・宗長等と興行した『水無瀬三吟百韻』・『湯山三吟百韻』は著名である。二、三例句を掲げる。

入日影色こき雲にかたぶきて
下露すゞしあふちさくやど
あかつき遠き舟のかぢをと
（『萱草』夏）

かりの鳴《なく》ほり江の奥《おき》に月深《ふけ》て　（同、秋）
　松もぞたてる浪のながれ洲
鷺ねぶる雪のみぎはの夕日かげ　（同、冬）
　忘がたみの風ぞ身にしむ
夕のみとはれし秋の空にて　（同、恋）

兼載には『若草山』・『景感道』・『兼載雑談』その他の著作がある。かれらの後には宗牧・宗養・昌休等が比較的名があったが、煩瑣な作法――本来は変化美を生み出すために必須であった諸々の約束――の束縛の下、早くも作品は硬化してくる。その連歌を近世にまで持ち伝えたのは、昌休について学んだ紹巴であった。かれは『至宝抄』・『連歌教訓』等を著わして連歌の作法を大成し、戦国大名との交渉を密にして、連歌を中世より近世へと橋渡しした。が、近世に入ると連歌師は幕府のお抱えとなり、かれらを中心とした柳営連歌はマナリズムと堕した。

連歌本来の性格である言い捨ての連歌からは新たなジャンルが新生してゆく。俳諧の連歌がこれである。その祖と仰がれている人物に、多分に伝説化された山崎の宗鑑があり、またこれは伝説のヴェールに包まれてはいない伊勢の神官荒木田守武がいるのであるが、もとより俳諧の連歌の発展の功は一、二の人に帰せられるべきではないであろう。俳諧の連歌の撰集である『誹諧連歌抄』（『犬筑波集』）には戦国末の社会を風靡していた、荒削りな感覚、既成の美的観念の破壊による新しい価値観の主張等が窺われる。が、その文学としての高度な展開は次代に入ってからのことであった。

十二

連歌が場の文学であるならば、能楽は場の芸術である。かようなことを取り立てていうには当らない。演劇は、本来すべて現実の場の上に成立する綜合芸術であるはずである。が、中でも能楽論には、演能に際しては場（座敷）を重んずべきことが強調されている（『風姿花伝』第三問答条々）。その発生当初は大社寺の保護育成下に置かれ、次いで足利将軍家のような武家貴族の庇護の下に大成し、戦国武将にも愛顧せられ、近世に入っては徳川幕府の式楽と化するという、能の辿った径路を考えればその場とはかなり特殊な場であったことが想像できる。そのような特殊な場の上に花開いた芸能が能楽であってみれば、その台本である能本は中でも特殊な文章であることは当然で、これを他の中世文学の作品とまったく同じ扱いの下に処理することは、もとより適切なことではない。そのつづれ錦風の美辞麗句より成る詞章の非文法性・非論理性を糾弾して、謡曲を中世文学史の埒外に閉め出してしまおうとする立場もあるが、どうであろうか。

例えば「俊寛」について見よう。この曲はいうまでもなく『平家物語』巻第三「足摺」に取材したもので、大筋においては『平家』をなぞっているといってよい。が、『平家』においては「天性第一不信の人」とされていた主人公俊寛の性格附けは、ここではやや異なった風になされている。現代においてはむしろ『平家』でのような傲岸不遜な俊寛像の方に人間的な面白さを感ずる場合が多いのではあるが、おそらく悲劇のシテに対する観客の同情を喚起しようという意図によるであろう、かかる努力には注意してよいはずである。事件の進行も、能においては単純化されているのであるが、それは劇としての盛り上りをクドキグリ・クドキ・クセの部分に求め、焦点を悲歎に昏れる俊寛一人に凝集しようとした結果であろう。そして掛ケ合では「情も知らぬ舟子ども、櫓櫂を振り上げ打たんとす」というような場面も挿入されている。『平家』で伝説的に語られていた俊寛の悲劇をいかに現実的に再現せしめるかという意図は、ほぼ成功しているといってよい。さらに、「熊野に松風米の飯」というような諺すらも生まれたほどの名曲とされる、「熊野」・「松風」等の能について、その素材を考えてみても、能本作者の着想の卓抜さ、構想力の非凡さは十分認められるであろう。「熊野」は『平家物語』巻十「海道下」において、重衡の問に対する土肥次郎実衡の答えの内の短いエピソードを種として仕立て上げられてしまった。「松風」は海人の塩汲みの態（物真似）と貴種流離説話とが抱合した所に成立するのであるが、その核となっているのは行平等の古歌二、三首で、それを成長させた培養基は、『源氏物語』の「須磨」巻である。この能については、田楽に古くからあった物を基にして観阿弥が作り、さらに世阿弥の改修の手が加わったのであろうという成立過程が想像されるので、貴種流離譚がどの段階で歌を通して塩汲みの態と結びついたかにつ

いては軽々しいことはいえないが、『風姿花伝』で、

> この芸能の作者別なれば、いかなる上手も心のまゝならず。自作なれば、言葉・振舞、案の内なり。されば、能をせん程の者の、和才あらば、申楽を作らん事、易かるべし。これ、此道の命也。
>
> （第三、問答条々）

といって「歌道を少し嗜め」と教えている、そのよい実例のように思われるのである。

一つの文学作品は、他の一切の作品と没交渉にそれだけで成立するはずはない。程度の差こそあれ、必ず何らかの形で先行の作品を受け、その影響下に成立し、また、何らかの影響なり痕跡なりを後続の作品に残してゆく。それゆえにこそ文学史の叙述という行為も意味をもつのであろう。当面の謡曲に限っていうならば、意識的に取り込まれていった歌・古詩やその他の古典文学作品が一曲において占める割合はたしかに大きいものであり、その結果能の世界が多くの場合古典的世界として形成されていることは事実であるが、そのゆえにその合間々々に見出される創造性を見落し、全体としてその文学性を否定してしまうことはできないと思う。

能が古典的世界を求めるに対して、能狂言ではいうまでもなく中世末期における現代的世界が展開される。古典的世界が概して一つの秩序をもったものであったに対して、現代的世界は秩序なく混乱し、顚倒したものである。人売りが目をつけた男に反対に一杯食わされ、太刀まで詐取される（「磁石」）。正当な所有者と詐欺師との紛争を解決すべき裁判官が係争の焦点である物件を横領する

（「茶壺」）。神は神酒を強要し（「福の神」）、山伏の祈りは決って失敗する（多くの山伏狂言）。老人が小娘に恋をし（「枕物狂ひ」）、新発意は師の坊の命ずる労働をさぼって門前の女とむつれあい、挙句の果ては二人で師匠を打ち叩いて逃げる（「お茶の水」）といった有様である。そこに（前にも触れたように）日本文学にかつて見られなかったような豊富な笑いが齎された。この能狂言を、その形成される基盤、近世初頭に一応固定するまでの流動過程、近世の科白劇である歌舞伎狂言への影響の各方面にわたって考察することは、その内に流れる時代思潮を解明することにもなるであろう。

やはり中世後期の芸能である幸若舞の台本——舞の本は、素材の上で能以上に軍記や物語草子等同時代文学と交渉が密で、古伝説等に負うところ多いものである。そして、近世の浄瑠璃に影響を及ぼしたという点でも能に劣らない。そのような文学史的資料的意義から、従来も取り上げられてきてはいたが、それ自体の文学性も考え直されてよい時期が来ているように思われる。

中世の歌謡は様々な傾向を持った多くの種類の謡い物から成り、それらが諸々の芸能や文学作品と結びついて、その各々を彩っている。『閑吟集』や『室町時代小歌集』といった歌謡集を通して、それらを静的に読んでもその面白さはある程度判らないではないが、例えば先にも挙げた狂言の「お茶の水」や「枕物狂ひ」等の曲中でこれら小歌類が果す役割の効果的なことは無類である。文学史の上では、さらにそれらに典拠があるとすればそれはどのようなものであり、また、それらが時代とともに『閑吟集』から『室町時代小歌集』へ、『隆達小歌集』へという風に、詞章を変えてゆく背後にはどのような享受者の心が潜んでいるのかを見極めることが問題となるであろう。

以上、きわめて蕪雑な中世文学史の素描を試みた。意識して解説的になることを避け、問題提起の叙述形式を採ろうと努めたけれども、もとよりむらが多いことであろう。が、曲りなりにも、一通り主要なジャンルを通過した上で振り返ってみると、中世文学における中世的なものとは何かという最初の疑問は、依然として未解決のままである。おそらくそれに対する解答はいつまでもできないのであろう。

中世文学の成立

世ト申ト人ト申トハ、二ノ物ニテハナキ也。世トハ人ヲ申也。ソノ人ニトリテ世トイハル、方ハ、ヲホヤケ道理トテ国ノマツリゴトニカヽリテ、善悪ヲサダムルヲ世トハ申也。人ト申ハ、世ノマツリゴトニモノゾマズ、スベテ一切ノ諸人ノ家ノ内マデヲヽダシクアハレム方ノマツリゴトヲ、又人トハ申也。其人ノ中ニ、国王ヨリハジメテ、アヤシノ民マデ侍ゾカシ。

（『愚管抄』附録）

一

社会と個人とは切り離された別個の存在ではない、個人あっての社会であり、また同時に社会を抜きにしての個人は考えられないというようなことは、現代においては小学生も知る常識にすぎない。けれども、鎌倉時代の初頭においてこのような認識に到達するまでには、右の引用文の筆者である慈円の内部において、深い思索が繰り返されたことを思うべきであろう。

一体に、世（社会）と人（個人）との関係は、それまでの日本文学の作品ではどの程度に考えられてきたのであろうか。人が集団で生活するようになってから世は在った。人は便宜上寄り集まって世を創り出した。しかし、このようにして成立した世という有機体は人を拘束し始める。早くも世と人との相剋が始まるのである。人間の生き方・在り方を探る文学作品は当然この問題を取り上げざるをえない。(たとえ、その結婚が原因であろうとなかろうと)法制の力で引き裂かれた中臣宅守と狭野弟上娘子との相聞歌はもとより、私とあらわにほほえみ交して他人に私たちの間柄を気付かれないようにと訴えるささやかな恋歌(『万葉集』巻四・六八八)に至るまで、いってみれば世と人との矛盾の上に生まれたものである。王朝の物語類にしても、しばしば世の約束を破る人の危険な恋愛が仮構されていた。『伊勢物語』での二条后と業平との中もそうであったし、『源氏物語』での多くの恋が同様であることはいうまでもない。恋に限ったことはない、歴史物語には世の力に抗しきれずに押し流された人の運命も物語られている。文学とはとりも直さず世と人との関係を通して、人間の生き方を追求するものであるといえないこともない。

しかしながら、上代や中古において世に対する人という意識がどれほど明確であったかという問題になると、多分に疑問とされるのである。常識的に考えられるように、時代的に遡れば遡るほど世の規模は小さく、人はその中に埋没している。上代人にとって、個性は氏族的連帯感から未分化の状態にある。そのような状態では、世とは何か、人とは何かというような抽象的な思考は発達し難い。もちろん『万葉』の中には孤独感も見出されはするけれども、それは大きな水脈を形成するには至らなかった。中古に入ると、主として道綱母や紫式部のような女流作家によって、人間として生きることの孤独に対する認識は深まったと見てよいであろう。これらの作家はいやおうなしに世と人との関係を考えさせられるような状況下に置かれていた。けれども、その世とは男女を中心とした「世の中」、すなわち家庭以上に拡ったところで、せいぜい宮廷社会にとどまっていた。『蜻蛉日記』で特記された源高明の左遷事件も、本来は「身の上をのみする日きにはいるまじきこと」と意識されたのである。疫病の流行を「世の中騒がし」というときの「世の中」は範囲としては広いけれども、これは個人の意識と深くは関わってこない場合である。所詮閨秀作家にとっての世は狭かった。その狭い世の内のいわば一回限りの存在である人、すなわち自身またはその投影である人物像を考えていたのであった。その思考はしたがってきわめて彼女らが置かれていた現実に密着しているのであって、それだけ普遍性や抽象性に欠けるのである。世に対する人の意識が曖昧であるとまではいえないかもしれないが、少なくとも幅のない思考であることは確かである。

それに対して、慈円のこの物の言い方はとび抜けて抽象的であり、断案的な響きを有してさえいる。そのことを説明するために、女と男との物の考え方の違い、いわば家庭の主婦や女房と学僧との違いを持ち出すことは、処理の明快さのみを求めるならば、都合よいであろう。女流日記と史論という文学ジャンルの違いをいうことも同様である。しかし、ここでは作者層やジャンルの違いを超えて、思想的な展開を辿ろうと意図するのである以上、私は敢えてここに中世とそれ以前との相違を探りたいと思う。

二

少なくとも文学に志す者であるからには、世に対する不満や人間として生きることの孤独を感じない人は稀であろう。が、その不満なり孤独感なりがなまの形で表出されているうちは、普遍性をもつことは難しい。それが個々の具体的条件を取り去って突き放され、ある程度客観的に諦視されるときに、それぞれ異った条件を負いつつも、現実に満されず、また孤独でもある多くの人々を共感に誘う力をもってくる。例えば、

うき世にはかどさせりともみえなくになどかわが身のいでがてにする　（『古今』・雑下）

という歌は、世に容れられない人の歎きではあるが、「つかさとけて侍りける時よめる」という詞書がなくては、作者平中の心情を十分に理解することはできない。それに対して、

世中にいづらわが身の有りてなしあはれとやいはんあなうとやいはむ　（同）

の作は、「題しらず」で十分通用する。

主観的な不満や寂しさの訴えから、人間存在とはそのようなものなのだという客観的な認識・諦念への到達は、もとより一人の人間の一生涯にも見られよう。が、仏教思想の滲透や社会不安の増大に伴って、王朝も末期になるにつれて顕著になってゆく知識人の思考の傾向でもあったと見られないだろうか。そのような時期に源俊頼がいる。

世の中は憂き身に添へる影なれや思ひ捨つれど離れざりけり
（『金葉』・雑上）

というかれの歌は、傀儡子たちによって今様として歌われたという。その愛唱された理由は単なるこの歌の見立ての面白さや表現技法のなだらかさだけではなく、全体に流れる諦観に人々が深く共鳴するものがあったからではないか。さらに下って新古今時代に入ると、二条院讃岐は、

世にふるは苦しき物をまきのやに安くもすぐる初時雨哉
（『新古今』・冬）

と歌う。いうまでもなく、「世にふるもさらにしぐれのやどりかな」の宗祇へ、宗祇からさらに「世にふるもさらに宗祇のやどり哉」の芭蕉へと、一つのわびの文学の系列を作るに至った、その発端となる作品である。世に経ることの苦しさを喞ったには違いないが、そこには板屋を降り過ぎる時雨の音に聞き入って、その安さ（あっさりとしたこだわりなさ）に気づき、それと己れの苦しさとを対比させてみる、一種の余裕がある。自己の苦しさをひとまず離して見るところに諦念が働いている。この歌を賞した『新古今』の撰者たちが、蟬丸という伝説的人物の、

世の中はとてもかくてもおなじこと宮もわら屋もはてしなければ
（同、雑下）

というような伝説的な歌を珍重したのも故なしとしない。このような思考傾向が顕著であったからこそ、鴨長明の『方丈記』も現われたのである。

長明の出家の契機は、西行の遁世のそれと違っていたように思われる。伝説をはね退ければ、西行の遁世を考える材料は、『台記』康治元年三月十五日の条の、

以二重代勇士一仕二法皇一。自二俗時一入二心於仏道一、家富年若、心無レ愁遂以遁世。人歎二美之一也。(1)

というかの簡単な記述以外には、その作品そのものしかないのであるが、それらを探った末これといった動かないものは結局摑めない。そのような解釈は浪漫的、美学的に過ぎるとの評は甘受するとしても、そこにやはり一種の魔心——私はそれを「うかれ出る心」と呼びたいのであるが(2)——の存在を想定せざるをえない。それに対して、長明にはデーモンが存しないというつもりは毛頭ないが、しかしかれの出家は『方丈記』で「其間ヲリ〳〵ノタガヒメ、ヲノヅカラミジカキ運ヲサト」った結果であると自ら告白しているのを信じてよいであろう。すなわち、諦念の結果の行為で、西行において想像するように、出家へと駆り立てられる心は知らなかったであろう。

　契機と同様に、出家以後の物の考え方にも、両人の間にはかなりの逕庭があるのではないか。西行は優れた詩人がしばしばそうであるように、本来自我へ固執することの強かった作家である。長明とてもそれが稀薄だとは思われない。が、西行が終生自己を離れ、自我からある程度自由になって物を見ることができなかったと考えられるのに対し、長明はそれができたと思うのである。西行の作品において頻出する語の一つに「わが身」という語がある。西行はどこまでも「わが身」に執してゆく。ところで同じこの語は王朝の女流歌人、特に小野小町や和泉式部にも多かった。彼女たちはあくまでも男女の仲らいという狭い観念の内ではあるけれど、その中では精一杯に世と人との関係を追求している。西行の世はもとよりそれとは異なった仏教的世界観に裏打ちされたものではあったろう。しかし、それに対する「わが身」はやはり狭い自我である。小町や和泉式部での「わが身」が多分に女性としてのなま身の「身」にウェイトを置いたものとして意識されているに対して、西行においては観念的な我であるところの「わ」にウェイトが懸っているという違いは認めてよいが、個我に執して普遍性を欠くという点では等しいのである。それに対して長明はどうか。

ここで改めて『方丈記』の論の運びを辿ってみよう。ここでも創作主体である「我」はしっかりと据えられている。その論理の冷静な分析よりも、その流麗な行文への陶酔へと読者を誘うように仕組まれた和漢混淆文の音楽的効果によって、あるいはつい見過されることもあるかもしれないが、作者は早くもその冒頭近くで、巧みに創作主体である自己の存在を作品世界の内に滑り込ませ、その中央に据えているのである。「或ハ露ヲチテ花ノコレリ。ノコルトイヘドモアサ日ニカレヌ。或ハ花シボミテ露ナヲキエズ。キエズトイヘドモ夕ヲマツ事ナシ」という対句のすぐ後に続く、「予、モノ、心ヲシレリシヨリヨソヂアマリノ春秋ヲ、クレルアヒダニ、世ノ不思議ヲ見ル事ヤ、タビ〳〵ニナリヌ」という一文の存在が、それである。これ以後、作者を抜きにしては読者は進めない。読者は作者の目を通してしか、王朝末期の社会の混乱を見ることはできない。作者の論理に沿って読み進んでゆくうちに、多くの読者は「閑居ノ気味」への礼讃に深く共鳴せざるをえなくなっている自身に気づくのである。『方丈記』における創作主体は、このように牢固として抜き難い存在である。

しかしながら、読者はこれを長明という、中世におけるいわば一回性の人間存在の記録としてのみ読むのであろうか。そうではなく、そこに普遍的なものを見出すからこそ共感も湧くのであろう。読者は作者の目を通して「世ノ不思議」を見る。それは王朝末期という特定な時期の混乱した社会の描写ではあるが、いつの時代にも起りえないとはかぎらない事態のそれとして迫真的な力をもっている。その結果自然に導き出されるものは、「スベテ世中ノアリニクヽ、ワガミトスミカトノハカナクアダナルサマ、又カクノゴトシ」という認識であり、ではそのような「世中」においてはかない「ワガミ」をどのように処すべきかという疑問、社会に対する個人の問題に逢着するのであるが、それは本来は長明の実感に基づくものであり、『方丈記』執筆の第一目的も自らの心の在り方を定めることにあったとはいえ、その「世中」は平安末期から鎌倉初頭という特定の時点に必ずしも限定されることを要しない、人の世一般に拡げることが可能であるし、またそれに対する「ワガミ」も、鴨長明という具体的な、ある意味では特殊な人間存在から離れて、抽象的な個人を意味するに至っている。かつての女流作家の「我が身」より幅広いことはもとより、西行の「我が身」よりも普遍的な全と個との問題を取り上げているのである。長明はそのような普遍性をもった個我の在り方について考えた後に、始めて自らの具体的な生活を語ってゆく。

ワガミ父カタノ祖母ノ家ヲツタヘテ、ヒサシク彼ノ所ニスム。其後縁カケテ身ヲトロヘ、シノブカタ〴〵シゲカリシカド、ツヰニアトヽムル事ヲエズ、ミソヂアマリニシテ更ニワガ心ト一ノ菴ヲムスブ。（中略）

スベテアラレヌヨヲネムジスグシツヽ、心ヲナヤマセル事三十余年也。其間ヲリ〳〵ノタガヒメ、ヲノヅカラミジカキ運ヲサトリヌ。スナハチイソヂノ春ヲムカヘテ、家ヲ出テ世ヲソムケリ。モトヨリ妻子ナケレバ、ステガタキヨスガモナシ。身ニ官禄アラズ、ナニヽ付ケテカ執ヲトヾメン。

しかし、これはきわめて漠然とした記述である。諸々の資料によって、その「ミジカキ運」の内容がどんなものであるかは、われわれにも大体において見当がつく訳ではあるが、長明自身はそれを語ろうとはしない。熱っぽく語りかけるのは、それに引き続く現在の閑居の礼讃である。

このような構成でしか書きようがなかったことはないはずである。いや、(例え略本から広本へと改稿されたとしても) 長明にとってはこれが必然的な表現であったのかもしれないが、しかしその「ミジカキ運」を細々と書き込むこと、旧縁の地に「アト、ムル事ヲエ」なくなった経緯を述べることによっても、自伝的作品としての成立は可能だった筈である。(3) 長明はそれをしなかった。閑居に入る前の私生活に渉ること一切は簡略な記述で片づけ、社会全体を動かすような「不思議」の記述と、そのような変転極まりない社会を遁れた後の閑居の描写とに、一篇の記述の大部分を費した。それは、あまりにも己れの不運を露呈させることの惨めさを嫌ったためかもしれない。理由はともあれ、その結果『方丈記』は広い視野において社会と自己との関係を捉えることができた。社会と個人との関係に関するかぎり、西行よりもむしろ長明を、中世的な意識を抱くことのできた作家として考えようとする所以である。

（1）尾山篤二郎氏や風巻景次郎氏はこの『台記』の本文を「心無欲」と引いている（『西行法師全集』附載「歌僧西行の生涯」二ページ、『日本文学史の研究』上、六〇ページ）が、これは川田順氏の引用した（『西行』一六ページ）ように、「心無愁」が正しいと思う。些細なことのようであるが、西行の出家を同時代人がどう受け取ったかを考えるとき、この一字の違いはゆるがせにはできない。

（2）この問題については拙稿「西行の『うかれ出る心』について」（『国語と国文学』昭和四〇年三月）で考えた。「美学的に過ぎる」というのは、右に対する塚本康彦氏の「信生法師集」（『古典と現代』二一号、昭和四〇年四月）での評である。

（3）塚本康彦『国文学私論』四六ページにもこのことに触れている。

三

世ニシタガヘバ身クルシ、シタガハネバ狂セルニ、タリ。イヅレノ所ヲシメテイカナルワザヲシテカ、シバシモ此ノ身ヲヤドシ、タマユラモコ、ロヲヤスムベキ。

という自問に対する長明の自答は、「夫三界ハ只心ヒトツナリ」という認識であり、「閑居ノ気味」の肯定であった。長明の意識においては、かれは社会から敗退したのではない。先にその出家は諦念の結果の所為といったが、かれが当時の社会における自らの位置を見極めて遁世に踏み切ったということは、同時に社会そのものを見極めたことをも意味するのである。自分を容れない社会そのものに見切りをつけた長明にとっては、社会を動かす政治ももはや関心外である。

コトノタヨリニミヤコヲキケバ、コノ山ニコモリヰテノチ、ヤムゴトナキ人ノカクレ給ヘルモアマタキコユ。マシテソノカズナラヌタグヒ、ツクシテコレヲシルベカラズ。タビ〳〵炎上ニホロビタル家又イクソバクゾ。

ツタヘキク、イニシヘノカシコキ御世ニハ、アハレミヲ以テ国ヲヽサメ給フ。スナハチ、殿ニカヤフキテ其ノキヲダニトヽノヘズ、煙ノトモシキヲミ給フ時ハカギリアルミツギ物ヲサヘユルサレキ。是、民ヲメグミ、世ヲタスケ給フニヨリテナリ。今ノ世ノアリサマ、昔ニナゾラヘテシリヌベシ。

で済ませることができるのである。しかし、そこに至るまでには、かつてかれの内にも現状に対する強い批判精神が働いたこともあったはずである。われわれはその名残りを、

という抑えられた筆にわずかに窺い見る。この程度のことも、それ以前の文学作品ではいわれなかった。が、長明に限っていえば、かれはこれ以上をいおうとはしない。かれは自身の「ノドケクシテヲソレナ」き「カリノイホリ」に閉じ籠ってしまう。『方丈記』の世界は、社会と個人との関係を普遍的な場において考察したにもかかわらず、結局は閑居の礼讃という、現在の自己に帰ってゆく。普遍の場を借りて所詮は自らの心の在り方を追求していたのである。(それが執筆に駆り立てた最も大きな力であったろうことは前に述べた。)したがって、それは依然として自己完結的な世界なのであり、『徒然草』との違いもそこに存する。[1] それが『方丈記』の限界であるといういい方をしようとは思わない。人間存在の頼りなさ、変転極まりなさを確認するために、これ以上の論議は不要

であろう。古代社会の自壊作用が有する意味や、混乱の中にも見出される建設的な積極面を取り上げることをまでも要求するのは、あまりにも現代的な観点である。文学作品としてはあのような形でしか成立しえない必然性があった。その限界を云々することはさほど意味のあることではない。ただ、思想としては、社会と個人との考察が、理想的な社会の姿とは何か、政治はどのようにあるべきかという、広く実践的な方向に展開してゆくことも、もとより可能だったはずである。長明と同時代人である慈円は、そのような物の考え方ができた人であったろう。

慈円という人は生来ひどく内省的な、思弁的な傾向をもった人であったと考える。そこには一脈、同時代人ではあるがやや先輩の西行に通ずるものがあるが、自己に捉われ、時には自己陶酔にすら陥りかねない西行よりも、やはり突き放して自己というものを考えることができた人であると思われる。ともかく、自己の心との対決は、青年時代千日の山籠りをしていた頃に詠んだ、初期の作品群である述懐の百首や、やや下っての「略秘贈答和歌百首」等に著しい。慈円は本来内観的な文学傾向を有する人であった(2)。

しかしながら、かれの地位や環境は、自己のみの問題にとどまっていることを許さなかったのである。筑土鈴寛氏によって指摘されているごとく(3)、すでに青年時代の千日の山籠りが、そのときの百首歌の示す寂静孤独な魂の世界とは裏はらな、堂衆合戦が行なわれ、山門は滅亡の危機に瀕する(『平家物語』巻二)という喧騒擾乱を背景として続けられていたという、物情騒然たる当時の現実を考えねばならない。

比叡の山に堂衆学徒不和の事出で来りて学徒皆散りける時、千日の山ごもりみちなむ事もちかく、ひじりの跡をたえむ事を歎きて、かすかに山洞にとゞまりて侍りける程に、冬にもなりにけ《てイ》ればふりた(りけイ)る朝に《イナシ》、尊円法師のもとに遣しける　　法印慈円

いとゞしく昔の跡やたえなむと思ふもかなし今朝の白雪

かへし　　尊円法師

君が名ぞ猶あらはれむ降る雪に昔の跡はうづもれぬとも

(『千載』・釈教)

山籠りの際の百首からは、その喧騒は聞こえてこない。それはかれがそれらに無関心だったからではなくて、意識的にそれらを排除したからである。修行僧のうちは、緇徒の世界にまで押し寄せて来た現実の喧騒を、一旦は自己と無関係のものと排除することもできたかもしれない。が、かれの出自の高さは、仏教界における地位をも約束していた。かれ自身、治承末年頃を境として仏法興隆の器という自覚をもち始め、仏法と王法との行末、宗教と国家との命運を深く考えるようになる。(4)この問題との関わり合いにおいて始めて、自己も考えられるのであった。それゆえ、詠歌の当初においては自己凝視の多かった慈円の和歌は、次第に仏法への信頼や王法への祈りなどを扱うことが多くなってくる。比較的初期の作品であった、

おほけなく憂世の民におほふかなわがたつ杣に墨染の袖

(広本『拾玉集』・「日吉百首和歌」、『千載』・雑中にも)

のような傾向が、伝燈の山の主であり、院の護持僧であるという自覚の下に、顕著になってくるのである。広本『拾玉集』に収められている「春日百首草」や「難波百首」はその典型である。(5)もとより、それらは和歌としての芳醇な完成度からは遠いのであるが、少なくともこれは自己完結的な世界ではない。儒教の経国済民思想に対して、仏法により王法を擁護する鎮護国家の思想というべきであるが、実践的であり政治的であることは間違いない。ここから『愚管抄』は至近距離にあるといえよう。

この政治に対する意識――本来それが個我に対する自覚の深まりと無縁ではないことは繰り返し強調したのであるが――が明確になってきたということにも、中世における文学の特質を認めることができるのではないか。それならば、『愚管抄』以外にも、『六代勝事記』のような史論や、『保元物語』・『平治物語』・『平家物語』・『承久記』のような軍記物は、この意味でまさしく中世的な存在であった。例えば、金刀比羅本『保元物語』では、鳥羽・崇徳両天皇の治世が、「践祚御在位十六ケ年之間、海内しづかにして天下をだやかなり。風雨時にしたがひ、寒暑折をあやまたず」「国富民安し」と賞され、そのような聖代が乱れ始めた発端を、個人間の意趣遺恨に求めていた。同じく『平治物語』でも、「昔より今にいたるまで王者の人臣を賞するに、和漢の両国をとぶらふに、文武の二道を先とす。文を以ては万機の政を助け、武を以ては四夷の乱を定む。(中略)公政仁義やや重し。天下の安楽こゝにみえたり」と大上段に振りかぶって政治の大綱を論じようとする姿勢を示す。流布本においてはこの傾向が一層甚しい。(6)仏教的な抒情の色が濃い『平家物語』にはこのような儒教的な政治論は少ないのであるが、しかし「二代の后」や「小教訓」には、あるべき政治への一つの理念が窺われないことはない、が、ここでは『愚管抄』に近い性格をもった『六代勝事記』について少々考えてみよう。

本書の作者はすでに桑門の徒であるけれども、「心は権実の教法にあひて善悪二の果をさとり、和漢の記録を伝へて治乱二の政を慎む。故にいさゝか先生の徳失をのこしをのづから後生の宦学を勧めむ事、身の為にして是をしるさず、世のため民の為にして是を記せり」と揚言し、六代の天皇の治政を、論評を交えながら述べてゆく。すなわち、高倉天皇については、「徳政千万端、詩書仁義の廃れたる道を興し、理世安民の絶えたるあとをつげり」と讃え、その治世は「明時」とされている。後白河法皇も、「慈悲の恵一天の下をはぐくみ、平等の仁四海の外にながれき」と、その崩が惜しまれる。土御門天皇については、「凡在位十二年のあひだ、天地変更なく雨降時をあやまたず、国おさまり民ゆたか也」と賞している。前引の『保元物語』冒頭にいう鳥羽天皇の治世への讃美と酷似するが、ともに中国風な賢王による聖代への考えから由来することはいうまでもない。頼朝も、「仏法をおこし王法をつぎ、一族の奢をしづめ万人の愁をなだめ、不忠の者をしりぞけ奉公のものをすゝめ、あへて親疎をわかたず、またく遠所をへだてず」と絶讃され、政子は中国の呂太后・則天武后、本朝の神功皇后に譬えられて、「女性世を治むるにたれる事、直也人にあらざるものか」と評されている。

それに対して、後鳥羽天皇は、「芸能二をまなぶなかに、文章に疎にして弓馬に長じ給へり。(中略)上のこのむに下のしたがふ故に国のあやうからん事をかなしぶ也」と酷評され、その院政下の奢侈は次のように糾弾されている。

近代の君臣、民の血をしぼりたる紅軒、一寸のしそくの為にもえて火となるたびに、いよ〳〵花のかまへをますに、人力をもちて天災をあらそふをかしあり。堯王の萱を結びてあましたゝりをいとひ、土を塗て風をふせぎ給ひし、治世九十八年百歳をかぎりけんことはりにてぞ侍。

長明が抑えた筆でほのめかした批判は、激しくまともに為政者に向けられているのである。そして承久の兵乱を述べた後、「抑時の人うたがひて曰、我国はもとより神国也。人王の位をつぐ、すでに天照太神の皇孫也。何によりてか三帝一時に遠流のはぢある」と自ら問を発し、次のように自答するのである。

心ある人答て曰く、臣の不忠はまことに国のはぢなれば、宝祚長短はかならず政の善悪によれり。(中略)帝範に二の徳あり。知人と撫民と也。知人とは、太平の功は一人の略にあらず。君ありて臣なきは春秋にそしれるいひ也。撫民とは、民は君の躰也。躰の傷む時にその御身またい事えたまはんや。

本書の論評は、明らかに一つの立場——具体的にいえば、幕府を認め、これを立てることなしには政治は円滑に行なわれないのだという、『愚管抄』でもすでに見られた現実への認識に基づく、きわめて妥協的、現実的な立場、しかしながら徹底して儒教的であるという点では慈円とも異なった立場――をもっているものそれで、歴史的必然性への洞察はもとより、事実の記述に関する公平さにも欠けるところがあるであろう。ただ、このような政治の理念に対する明確な意見は、中世以前には見られなかった。また、それが必要ともされなかったのである。中世に至って、長明のように「カリノイホリ」に閉じ籠りでもしないかぎり、知識人はこの政治という摩訶不思議なものの実態を考えざるをえなくなった。本来抒情詩であるはずの歌の世界においてすら、理世撫民の体が云々され出す時代だったのである。個我の自覚が透徹していった中世は、同時にまたきわめて政治的な季節でもあった。

（1）このことについては本書「中世文学史への試み」第七節でも論及している。
（2）拙稿「新儀非拠達磨歌の時代（上）」（『国語と国文学』昭和三八年九月）を参照頂ければ幸いである。
（3）筑土鈴寛『慈円――国家と歴史及文学』三一ページ参照。
（4）赤松俊秀「鎌倉文化」（岩波講座『日本歴史』中世Ⅰ、三三五―六ページ）参照。
（5）例えば、「春日百首草」では、

世の中をおほきにまもるしるし哉わくあかがねのなれるすがたは　（東大寺）
日のもとを神の御国とき〵しよりあまてるかげをたのむ嬉しさ　（日域）

等と歌い、その跋に、「夫天照太神者王神也。春日明神者臣神也。若御約諾曰、同侍殿内能為防護云〻。爰大織冠誅入鹿反逆、為天智天皇忠臣以降、王臣魚水之礼于今未絶、陰陽合躰之義内外猶存。因玆思太明神之神慮、在仏法亦王法之利益。其利生道、不可限自、不可限他。唯以普遍可為神慮哉。今似守一家護一

宗覃他家渉他宗者歟（下略）」と述べている。また、建保七年六十五歳のときの「難波百首」は真俗二諦を各五十首宛て詠んだもので、

十あまり七《（十七条の憲法）》のちかひせし人《（聖徳太子）》のあとふむ御代をみるよしもがな
すべらぎの千とせをまつの春の色にあゐよりもこくそむ心哉
よをばよなたゞふた文字のもつとかや仏の道と法性の理と

等の作が見られ、清書を命ぜられた僧がこの内の「すべらぎの……」の歌で「春の色」の草体を見誤って「春の宮」と書き写したが、これは先に故良経の息女立子（東一条院）に誕生した春宮（仲恭天皇）を加護するとの聖徳太子の託宣であるとまで記している。和歌はここではまったく政治的理念の表白と化しているのである。それだけに、承久の兵乱はこの老僧にとってひどい衝撃であった。その直後住吉に奉納したと思われる十首の内一首だけをかかげる。

たみにおほふめぐみの雲やいかならん雨さへことしうはの空なる

記録によれば、兵乱後の九月十二日暴風雨があって、住吉社は破損した。

（6）古活字本『保元物語』は、「夫易にいはく『天文をみて時変を察し、人文を見て天下を化成す』といへり。こゝをもつて政道、理にあたる時は、風雨時にしたがつて国家豊饒なり。君臣合躰するときは、四海太平にして凶賊おこる事なし。君上にあつてまつりごとたがふ時は、国みだれ民くるしむ。臣下として礼に背くときは、家をうしなひ身をほろぼす」と説き起され、同じく『平治物語』も、「ひそかにおもんみれば、三皇五帝の国をおさめ、四岳八元の民をなづる、皆是うつはものをみて官に任じ、身をかへりみて禄をうくるゆへなり。（中略）任使其人をうるときは、天下をのづからおさまると見えたり」という文章が、「昔より今にいたるまで……」の前に置かれている。それらはすでにいわれているように（日本古典文学大系『保元物語 平治物語』三五ページ、永積安明『中世文学の成立』一二七—八ページ）、やや整

えられてきた後代的なものではあろうが、しかし後述するごとく、『六代勝事記』等に共通する思想をその内に認めることができるからには、ひどく降った時代思想の反映とも思われない。

四

いうまでもなく、文学の成立の問題は、文学者の意識や思想という基底的な面に関する考察のみでなく、それらが具体的にどのような形をとって表現され、作品に定着したかという、いわゆる文学としての形象化の点に関わってこざるをえない。ここではそれらの点を詳論する用意もまた余裕もないのではあるが、ただ一つ、この時代の文学者に顕著な閑寂への志向が具体的にはどのような形で作品において実現されているかの一例を見て、終りとしたいと思う。

個我に沈潜しようとする文学者は、多く閑寂を志向する。西行や長明がその最たるものであるが、俊成や定家の裡にもそれは生涯を通じて渝らない希いであったであろう。ただ、現世へのほだしの多かったかれらの実際生活は、それにはほど遠かった。しかし、観念の世界においてでも、その志向の強さは閑寂に積極的な意味付けをしていることは注意されねばならない。閑寂は具体的には「山家」とか「山里」という言葉とともに表現されることが多いのであるが、定家と雁行した新古今時代の歌人家隆の比較的早く、建久四年三十六歳の時の山里を歌った作品に次の一首がある。

花をのみまつらん人に山ざとの雪まの草のはるをみせばや　（『玉吟集』・「歌合百首」）

『南坊録』に引かれているということで著名なこの作は、おそらく当時の歌人仲間には直ちにそれと了解される下敷きがあったであろう。それは、

長楽寺にすみ侍りける頃二月ばかりに、人の許にいひつかはしける　　上東門院中将
おもひやれ霞こめたる山里に花まつほどの春のつれぐ　（『後拾遺』・春上）

であり、また、『源氏物語』の「手習」の巻で、横川の僧都の妹尼が沈みがちな浮舟の女君の気分を引き立てようとして、ことさらに詠み出した、

山里の雪まの若菜摘みはやし猶生ひ先の頼まるるかな

の歌や、『枕草子』に見える、「草は…雪間の若草」の記述等であると考える。

山里は本来寂しい場所であり、世の敗残者の隠れがであった。それゆえに、客観的にはどうあろうとも、(1)自らの心情においては不遇であった業平は、

世中を思うじて侍けるころ
すみわびぬ今は限と山ざとにつまぎこるべきやどもとめてむ　（『後撰』・雑一）

と歎き、伊周は臨終の床で幼い松君の道雅に、

いでや、世にあり煩ひ、「官位人よりは短し。人と等しくならん」など思て、世に従ひ、物覚えぬ追従をなし、名簿うちしなどせば、世に片時あり廻らせじとす。その定ならば、たゞ出家して山林に入りぬべきぞ。（『栄花物語』・「はつはな」）

と遺言したのである。その道雅の娘、上東門院中将はそのような伝統的な考えに基づき、あのよう

に詠んだ。家隆はそれに対して異を唱える。王朝の美的感覚がすでに捉えていた雪間の若草を持ち出し、『源氏物語』で扱われているようなそれのもつ民俗的な呪術性を払拭し、専らその新鮮な美を提唱することによって、山居に一つの積極性をもたせようとする。それは、一首の和歌にすぎないという文学形態から、当然「ヲリニツケツ、ツクル事ナ」い「山中ノ景気」を述べ立てて閑居を礼讃する長明ほど徹底してはいないにしても、それと異質ではない。一斑を以て中世文学の全豹を推すの暴挙はもとより控えなければならないが、（漢文学の影響もあって）和歌や随筆などの主情的文学における閑寂への志向には根深いものがあり、それが宗教への心酔・帰依と相俟って、後にも先にも見られないような形で深められてゆき、『玉葉集』・『風雅集』あたりでその極に達していることは認めねばならないであろう。

（1） 昭和四十年十月三十一日、東京大学国語国文学会の席上において、目崎徳衛氏により、客観的には特に業平が不遇であったとはいえないという見解が、データーとともに発表された。なお、同著『平安文化史論』所収の業平に関する二篇の論考参照。

五

中世は分裂の時代である。前代の終りにすでに院政と内裏・摂関家等に分れる傾向を見せ始めていた政権は、この時代に至ってはっきりと公武に分かれ、中世も進むにつれ、その各々の側においてさらに細かく分派していった。宗教界においても分立抗争が激しくなってゆく。人間の観念もまた分裂せざるをえない。律令国家の理念の下にすべてが動き出した平安初期や、全国統一をなし遂げて封建社会が軌道に乗ってくる近世とは、はっきり異なる時代なのである。そのような時代における文学の成立は、一平面ですっぱりと截断するような形では捉え難いであろう。切り口は不器用な体裁の悪いものになるかもしれない。しかし、多角的な把握のし方をしないかぎり真実に近づきえないとしたら、それもやむをえないことである。

閑寂に没入しようとする文学者を取り巻く時代環境は、前述のごとく喧騒に満ち、闘争に明け暮れしていた。またその合間には、白拍子の雑芸などに熱狂する庶民や為政者もいたのである。定家をして「紅旗征戎非二吾事一」の名句を吐かしめた歴史的現実である。定家自身そうは記しても実際に無関心でありえなかったことは、『明月記』に明らかである。歌人定家の能くするところでも、また好むところでもないにしても、中流かそれ以下の貴族で経学に明るかった者の手によって、閑寂な宗教的世界とは裏はらの喧騒・闘争の世界が描かれねばならぬ必然性はここにあった。ここに、前述の主情的な文学とは著しい対照を示す叙事文学の諸作品が生まれる。もとより、これのみが中世文学を代表するものではありえない。ただ、自我との激しい対決や個人の心情への細やかな省察等を欠いた代りに、混乱した王朝末の社会そのもの、その中にひしめく様々な人間像を描くことは、これら史伝や軍記、それから説話文学のあるものなどにおいて始めて可能であったとはいえるであろう。

以上の曲折を経た論から到達する、「中世文学の成立」というこの大きなテーマについての小さな帰結は次の通りである。すなわち、『方丈記』と『愚管抄』や軍記物という、対照的な二つの系列の文学作品に、中世初頭において文学の成立すべき要因は最も鮮明に現われている。それに対して、西行の『山家集』や『新古今集』などの詩歌においては、それは必ずしも明瞭ではない。しかし、それらにも中世文学の一つの特徴というべき自我の意識や宗教的諦観乃至は単なる美的閑寂境への志向は窺われるはずで、それらを無視し去ることはできない。それらのすべてを全円的に把握しえたとき、中世文学の成立の機微は解き明されるであろうということである。

転換期の文学

——『平家物語』と歴史

一

古代末期から中世への転換期における内乱を、源平の争乱という形において捉えることが、問題を単純化することにはなっても、史的真実にほど遠いということは、改めて言うまでもない。すでに石母田正氏は、「乱がおこる基本的な原動力は、この時代の政治的、経済的な諸条件のなかにあるのであって、武家の棟梁の争いというのは、そのうえにのっかっているにすぎない」として、やや具体的に、在地の武士団（国人・住人）が、「国々では国司の権力に隷属し、荘園では領家に駆使され、公事・雑事等の貢租の負担に追いまわされる状態が、この乱の基本的原因であ」り、「武家の棟梁間の争いというのは、いずれがこの住人＝国人層の力を、自分の権力の基礎として組織できるかにかかっていたといってよいだろう」と説明された。(1) 竹内理三氏も、「内乱軍相互の間になんらの連絡も統一もなく、平氏自体を目標とするよりも、平氏がよって立っている古代国家への内乱という性格がつよい。この時期の内乱分子は、大きく分けて源氏と寺院大衆と国人とであり、その中で最も執拗な活動をなしたものは源氏であったが、彼ら自身すら分散的であり、孤立的であった。むしろ頼朝に対して対立的である場合すら少なくなかった」と述べておられる。(2)

しかしながら、文学はこの内乱を、『平家物語』や『源平盛衰記』という作品において、専ら源平の争乱という形で――特に平家の滅亡という点に絞って――捉えた。そのことについても、石母田氏は、広範囲にわたる内乱を、「そのままの広がりにおいてとらえようとすることは、文学として、分裂と破産以外には何ものこさないことになろう。(中略)平家物語が、その集中する点を源平の争闘にもとめたのは、そうしなければ、それが語ろうとした治承・寿永の内乱を文学としてとらえることができなかったからであろう」と弁護しておられる。(3)

歴史家によってこのような発言がなされている以上、国文学研究の立場から、『平家物語』や『源平盛衰記』における歴史の把握のし方を云々することは、ほとんど意味のないことかもしれない。けれども、たとえば『平家物語』について、「この物語に語られた主題をひと言でいえば、変革期の社会の動きそのものということになろう。その変革は都における少数の人々の間での権力の交代という性質のものではなく、非常に長い年月をかけて日本の隅々にまで蓄積された新しい力を原動力として行なわれた、社会機構の根本的な変革であった。そして、そのような変革期に生をうけた日本人の諸体験を、(中略)作者が、大体において正しく捕捉表現したものがこの物語なのである」と解説され、(4)あるいは、「古代社会の弔鐘は、同時に中世社会のあけぼのの声でもあったわけであり、抒情詩的な傾斜は、そのまま叙事詩的な全体の中に包摂されるという、まことに複雑で多面的な作品として、『平家物語』は成立するのである。(中略)『平家物語』は、このような時代に、もっともふさわしい形で、古代末期文学の頽廃と対決し、わが国には、その歴史にふさわしい叙事詩的文学の、飛躍的な開花のありうること、また事実それは、まさに偉大な作品として結実もしたということを、自ら示すものである」と評価されている(5)のに接するとき、私はそれらが大筋において間違ってはいないであろうと感じながらも、それらがこの物語を深読みするあまり、その理想化へと向っている傾向が若干あるのではないかという疑問を、拭い去ることはできない。そして、この物語において、この内乱時代に生き、そして死んでいったさまざまな人間がどのように造型されているかという、文学的な問題とともに、内乱時代そのものがどう捉えられていたかという、歴史にかかわる問題をも、自分なりに確認してみたいという、いわば野暮な望みを抱くのである。

(1) 石母田正『平家物語』(岩波新書)二〇〇—二〇一ページ。
(2) 竹内理三「平氏政権と院政」(岩波講座『日本歴史』中世Ⅰ所収)八四ページ。
(3) 石母田正、前掲書、二〇三—二〇四ページ。
(4) 日本古典文学大系『平家物語』上、解説一三ページ。
(5) 永積安明『中世文学の展望』一四五—一四六ページ。

二

『平家物語』(1)においては、清盛に代表される平家の悪行ということが、大きく取り上げられている。まず、冒頭の「祇園精舎」で、反逆者を列挙した後に、

まぢかくは、六波羅の入道前太政大臣平朝臣清盛公と申し人のありさま、伝承るこそ心も詞も及ばれね。

というのは、清盛をも反逆者の一人として扱っていることを意味する。そして、これに照応するかのように、灌頂巻の「女院死去」では、

抑壇浦にていきながらとられし人々は、大路をわたして、かうべをはねられ、妻子にはなれて遠流せらる。池の大納言の外は一人も命をいけられず、都にをかれず。(コノアト、女性達ノ不幸ヲ述ベル、略)是はたゞ入道相国、一天四海を掌ににぎッて、上は一人をもおそれず、下は万民をも顧ず、死罪流刑、おもふさまに行ひ、世をも人をも憚かられざりしがいたす所なり。父祖の罪業は子孫にむくふといふ事疑なしとぞ見えたりける。

と語っている。すなわち、ここでは、平家一門の悲惨な運命を、清盛という一人の人物の悪行の報いと考えているのである。

悪行に悪報があるように、善根にも善果が考えられた。以前、清盛によって関白の座を追われた松殿基房は、法住寺合戦に打ち勝って有頂点になっている義仲を諫めて、「清盛公はさばかりの悪行

人たりしかども、希代の大善根をもせしかば、世をもをだしう廿余年たもッたりしなり。悪行ばかりで世をたもつ事はなき物を」（巻八・法住寺合戦）といっている。位人臣を極めた栄花は、熊野権現の利生による（巻一・鱸）とも説明されているが、厳島神社の修復（巻三・大塔建立）、経島の築島（巻六・築嶋）などの善根を施したことによるとも考えられているのである。

『平家物語』におけるこのような因果応報の考えは、根強いものがある。また、こういう考えを証明するような事柄が、現実に存在したのでもあった。まず、信西の死がその実例である。『平家』の作者[2]はそれを重盛に、

平治に又信西がうづまれたりしをほり出し、首を刎て大路をわたされ候にき。保元に申行ひし事、いくほどもなく身の上にむかはりにきと思へば、おそろしうこそ候しか。（巻二・小教訓）

と語らせている。

『平家物語』中の人物についていえば、

あやまたぬ天台座主流罪に申おこなひ、果報やつきにけむ、山王大師の神罰冥罰をたちどころにかうぶッて、かゝる目にあへりけり。（巻二・西光被斬）

と説明されている西光の死や、妻二位殿の夢に、無間地獄に堕ちると見えた清盛自身の異常な死にざま（巻六・入道死去）もそうであるが、その最もよい例は重衡の最期である。南都炎上の責任者であるかれは、生捕りの憂き目を見た末、南都に引き廻されて首討たれ、かつて自らそこに立って伽

藍焼打の指揮をした、般若寺の大鳥居の前に釘付けにされた。かれが大路を渡されたとき、京中の貴賤が、

あないとをし、いかなる罪のむくひぞや。（中略）これは南都をほろぼし給へる伽藍の罰にこそ。（巻一〇・内裏女房）

と言いあったというところに、こういう考え方が当時の一般的なものであったことが知られる。「無双の碩徳、天下第一の高僧」（巻二・座主流）と仰がれた明雲の運命は、現報では説明できない。すると、『平家』の作者は「前世の宿業をばまぬかれ給はず」と、前業にその根拠を求めるのであった。

このように、仏教的な因果観は、

積善の家に余慶あり、積悪の門に余殃とゞまるとこそ承れ。（巻二・小教訓）

というような、儒教的な倫理観にも支られて、この物語において支配的な思想となっている。

（1）以下引用する『平家物語』の本文は日本古典文学大系本による。
（2）以下「作者」という語を用いることがあるが、いずれも増補者をも含めた複数としてお考えいただきたい。

三

しかしながら、『平家』の作者は、平家の悪行が保元以後治承・養和にかけての内乱を惹起したとまで、素朴に考えてはいないのではないかと思われる。

『平家物語』の巻一、二の記事を追ってゆくと、「世のみだれそめける根本」「平家の悪行のはじめ」（巻一・殿下乗合）といわれる殿下乗合の事件は、当時の感覚としてはたしかに悪行とされてもしかたのない不祥事であったが、二代后の事件は二条天皇の常識を無視した行為であり、清水寺炎上は南都と北嶺との確執によって起った人災であり、鹿谷は院の近臣が平家に先制攻撃を懸けようとして、事が露顕した陰謀であった。ただ、それが清盛側の反撃を招かないではすまなかったまでのことである。鵜川軍は国司の非法、目代の押妨に端を発し、それが御輿振、座主流へと拡大する。この叡山の蜂起のさなかに起る大火にしても、また、山門滅亡の後にぽつんと置かれた善光寺炎上にしても(1)、平家の関知するところではない事件である。堂衆合戦にしても、清盛は鎮圧のために兵をさし向けたとあるが、それは官軍としてであって、自己の権勢拡大や擁護のためではなかった。

以上のごとく、『平家物語』の巻一、二をいろどる政治的、社会的事件の多くは、平家の悪行に端を発するという説明では、とうてい納得できないものである。しかも、それらの一つ一つが、乱世の相を深めてゆくように描かれている。このあたりを読むと、清盛という一人物の存在如何にかかわらず、すなわち個人の存在にかかわらず、社会は乱世へと動いてゆくのだという認識が、作者にはあったようにも思われるのである。

実はそれは、「二代后」において、

> 鳥羽院御晏駕の後は、兵革うちつゞき、死罪・流刑・闕官・停任つねにおこなはれて、海内もしづかならず、世間もいまだ落居せず。（中略）是も世澆季に及で、人梟悪をさきとする故也。

と言っているのによっても知られることである。

この、「世澆季に及で」という、末世末法の思想も、石母田氏の言われるごとく、(2) けっして『平家物語』に特有なものではない。その最も典型的なものは『愚管抄』に見出されるのである。

このように、澆季末世なのだという認識が一方ではあるにもかかわらず、清盛乃至は平家の悪行とその結果とされる衰運とを強調して――「善光寺炎上」には、「さしもやンごとなかりつる霊寺霊山のおほくほろびうせぬるは、平家の末になりぬる先表やらん」という語が見える――、それで一切を説明しようとするところが、『平家物語』の作者にはある。

作者はさまざまな事件に周到な目を配ったが、それらがいずれも末世的な現象であるという以上には、それらが何を志向しているか、それらの本質が何かを、ついに理解できなかった。何か、新しい事態へ動いてゆきつつあることは感じても、それがどんな事態かは、わからなかった。巻一二の「吉田大納言の沙汰」に語られる、頼朝の任日本国惣追捕使の事の扱い方でも、それは知られる。その結果、平家の悪行で物語の世界を統一した、というと聞こえがいいのだが、実情は、あまりにも複雑な現実を、複雑な相において本質的に捉える努力を放棄しようとしているのではないか、とも見られるのである。

となると、この物語が、「そのような変革期に生をうけた日本人の諸体験を……大体において正しく捕捉表現したもの」であり、「複雑で多面的な作品」であることはたしかとしても、「変革期の社会の動きそのもの」が真に描破されているということは、いささかためらわざるをえない。

（1）「善光寺炎上」が増補された章段であることは、冨倉徳次郎『平家物語全注釈』上巻三六〇ページに指摘されている。
（2）石母田正、前掲書。

四

『平家物語』で高く評価されるべきことは、したがって、この複雑さ、さまざまな現実を見すえる視点の多様さそのものであると考えられる。

末世とか乱世とかいうからには、当然、治まれる世、理想的な時代社会に対するイメージが抱かれていたはずである。それを探ることは容易である。三井寺の大衆の語としてではあるが、

仏法の殊勝なる事は、王法をまぼらんがため、王法又長久なる事は、すなはち仏法による。（巻四・南都牒状）

といい（その他、「仏法王法」が対をなしている例は非常に多い）、

君は舟、臣は水、水よく船をうかべ、水又船をくつがへす。臣よく君をたもち、臣又君を覆す。
（巻三・城南之離宮）

と『荀子』（乃至は『貞観政要』・『明文抄』など）の語を引いて、清盛の悪行（これは巻一、二の段階を通り越して、本格的なものとなっている）を論難しているのによれば、『平家』の作者の抱く理想社会のイメージは、仏法王法が均衡を保ち、皇室と摂関家との緊密な連帯の下に徳政が行きわたり、撫民の効上る治世であった（巻六・新院崩御に高倉院を称えて、「徳政千万端、詩書仁義の廃たる道をおこし、理世安楽の絶たる跡継給ふ」といい、同・紅葉に女の童に装束を下賜したとの説話を録する）。すなわち、寺院と皇室・摂関家との協調の下に国政は円滑に行なわれ、源平両氏は朝廷の警備隊として仕える（巻一・二代后に、「昔より今に至るまで、源平両氏朝家に召つかはれて、王化にしたがはず、をのづから朝権をかろむずる者には、互にいましめをくはへしかば、代のみだれもなかりしに」とある）という、藤原氏中心の極めて保守的な考えであった。

こういった考えに近いものが、これまた『愚管抄』に見出されることも、周知のことである。そして、そのことは直ちに、『徒然草』に語られている『平家物語』の原作者と慈円との関係を連想させるのである。(1)

このような考えによれば、あの殿下乗合の事件が「悪行のはじめ」とされたり、治承三年のクー

デターが、

誠に天下の御政は、主上摂録の御ぱからひにてこそあるに、こはいかにしつる事共ぞや。

（巻三・法印問答）

として非難されるのも当然であった。

しかしながら、『愚管抄』の著者とともに本質的には保守的な『平家』の作者は、関東との協調を力説する『愚管抄』とは別の意味において、[2]現実的な視点を確保している。そして、それがこの物語の面白さの最大の原因であると思うのである。

たとえば、清盛に入智恵して、摂関家の遺産相続問題に口入させた、その懐刀邦綱のごとき人物は、おそらく慈円の快しとする存在ではなかったであろうが、[3]『平家物語』においては、事実は無関係な如無僧都のことまで引合いに出して、かれの出世の機縁のこと、富裕なこと、かれの母の見た霊夢などを長々と語ることによって、好意的に扱っている。建礼門院など、平家の女性についても、好意的、同情的である。重衡個人については、慈円はほとんどその感情を窺わせるような言辞を用いていないので何ともわからないが、[4]『平家』では、作者の論理に従えば、仏敵としてどこまでも糾弾されてもしかたのないかれのことを多大の同情を以て描いている。それというのも、「先年此人々を花にたとえ候しに、この三位中将をば牡丹の花にたとへて候しぞかし」（巻一〇・千手前）というような、主として宮廷周辺におけるかれの実際の人気というものを反映しているのであろう。[5]

死の直前の義仲や宗盛（この二人は、時めいた時代には著しく戯画化されていた）、没落後の義経にしても、同情的筆致で描かれているのは、これらの人々について民衆（都市人）や宮廷人に、いわゆる判官びいき的な心情が支配的だったからであろう。民衆の心情においては、死はすべてをあがなうのである。そこでは、論理は心情に席を譲るのである。

こうして、たとえば、囚われの身で清宗を袖で覆い（巻一一・一門大路渡）、副将の可憐な姿に泣く（同・副将被斬）宗盛の恩愛のかなしさが、「たけき物のふどももみな涙をぞながしける」（巻一一・一門大路渡）、「たけき物のふどももさすが岩木ならねば、みな涙をながしけり」（同・副将被斬）というふうに、深い共感を以て描かれるのであった。ここに至ってそれは、

　八島内府鎌倉にむかへられて、京へまた送られ給ひけり。武者《武士イ》の、母のことはさることにて、右衛門督のことを思ふにぞとて、嘆《なきイ》きたまひけると聞きて、

　夜の鶴の都の内を出でてあれなこのおもひにはまどはざらまし

（『西行法師家集』[6]）

という西行の同情と重なるのである。

このように、論理と個々の事件・人物を受けとめる心情との不一致ということの背景として、当然さまざまな径路、さまざまな階層、さまざまな立場による増補の問題を考えねばならない。そのような増補は、たしかに歴史の把握のしかたを、単純なものから複雑なものへと変えてゆくことを志向してはいた。が、そのことによって直ちに史的真実に迫りえたというわけではない。枝葉の増

補はむしろいよいよ内乱の本質を見失わせてゆくのである。そして、それと同時に、石母田氏の言われる「分裂と破産」の危険は増大していった。延慶本・長門本・『源平盛衰記』など読本系諸本にはこの危険が顕在しているのであるが、実は現存する平家諸本のいずれもが、すでに「分裂と破産」の危険を内包しているのではないか。論理の上でも矛盾は認められるのである。しかし、そのような不安定な均衡を保っているゆえに、あるいはそれらの矛盾のゆえに、この物語は多様な視点を保持し、自ずと読者自身に思考の機会を与えることになった。

古代末期から中世への転換期に限らず、どの転換期にせよ、その中に生きた人間がその意味するところをはっきりと見究めることは、ほとんど不可能に近いであろう。転換期がもつ意味は、それ以後の歴史の軌跡から遡上することによって、おぼろげながらわかってくるものである。しかし、そのときには、かつてその転換期を生きた人々の像はもはやぼやけてきている。となると、人間像が今なお鮮烈な印象を与える時点において――『平家』に即していえば、承久前後に――これを捉えようとすれば、歴史の本質的な意味の究明は、二義的に、というかむしろ不可能とされざるをえなかったといえよう。一般的にいっても、歴史を扱う文学の限界がそこにあるのではないであろうか。

それゆえに、私は、歴史を洞察する史眼――その歴史把握よりも、まず多様な現実を見すえた旺盛な精神と、それによって得られたその人間把握の的確さにおいて、『平家物語』が同時代の他の文学から卓抜していることを、改めて確認したいのである。

（1）石母田正、前掲書、六八ページ。

（2）『愚管抄』が関東との協調を説くのは、いうまでもなく、それによって摂籙家、特に九条家の地位を保持したいという望みがあるからである。

（3）『愚管抄』は邦綱のことを、「邦綱トテ法性寺殿ノ近比左右ナキ者ニテ、伊与播磨守中宮亮ナドマデナシテ召ツカフ者」「邦綱ハ法性寺殿ハ上階ナドマデハ思召モヨラザリケルニ」などと述べており、けっして好意的とはいえない。『玉葉』養和元年閏二月二十三日の条には、「邦綱卿者、雖《モ》レ出《ヅト》レ自《リ》二卑賤一、其《ノ》心広大也、天下諸人、不《ゼ》レ論二貴賤《ヲ》一、以《テ》二其《ノ》経営《ヲ》一、偏《ニ》為《ス》二身之大事《ト》一、因《テ》レ茲《ニ》、衆人莫《シ》レ不《ル》レ惜《シマ》、但《シ》平禅門滅亡《セシニ》二藤氏《ヲ》一、此《ノ》人頗《ル》与《ル》二其《ノ》事《ニ》一歟、故《ニ》有《リ》下蒙《ル》二神罰《ヲ》一之疑上、可《シ》レ恐《ル》々々」と、その人柄を称揚しつつ、清盛との提携を難じている。

（4）『玉葉』では養和元年三月十三日の条で洲俣合戦から重衡が「無為無事帰洛」したことについて、「誠《ニ》神罰殆《ド》似《タル》二有《ル》レ疑《ヒ》者《ニ》一歟、始終定《メテ》有《ル》レ様歟」と記している。

（5）例えば、『建礼門院右京大夫集』によってもそれは知られる。

（6）この歌の第三句は、従来多くの研究者によって、「出でであれな」と読まれている。ただ、川田順氏は、『西行』においては同様に読まれたが、『西行の伝と歌』では「出でてあれな」とされた。氏が同書で指摘されたように、この歌は「夜鶴憶子籠中鳴」（五絃弾、『和漢朗詠集』・管絃）の句を詠んだものであるから、「出ないでほしい」では意味をなさないと思う。

II

貴族の世界
——色好みの衰退

一

『平家物語』巻五月見の条は、古くから愛唱されている個所であるが、この中に挿入されている「待宵の小侍従」と「物かはの蔵人」の歌話が、本来はこの月見の話とは無関係なものであったらしいことは、研究者の夙に指摘するところである。(1) この話や、やはり『平家』巻五の富士川の節に語られている、忠度と宮腹の女房の「野もせにすだく」の秀句の話などは、『今物語』や『十訓抄』にも見出される。『十訓抄』は周知のごとく、十の徳目を立て、これを標目とする十章より成る説話集であるが、これらの話は「第一可《キ》レ施《ス》二人《ニ》恵《ミヲ》一事」(第一類本では「可《キ》下定《メ》二心操《ヲ》一振舞《フ》上事」)に収められている。ここではまず、忠度の話と小侍従・「やさしい蔵人」(物かはの蔵人)の話との間に挟まった、風流な話を取り上げてみよう。

太秦に「しかるべき女房の色このむ」がいると聞いて、九月の明月の晩、殿上人が大勢尋ねていった。大層物さびた家の簀子の下に遣水の音がとぎれとぎれに聞え、折しもさっと時雨して、空は雲行きもあわただしい（このあたりの描写は、『古本説話集』第一大斎院《ノ》事や『徒然草』四十五段を思わせる）。人々は「忘るるまなく」などと口ずさんで中門の廊と覚しき所に佇んでいると、馥郁たる薫物の香がして、御簾の内から艶な声で人々お目当ての女性が「岸柳《ノ》秋《ノ》風遠塞《ノ》情」と朗吟した。殿上人たちは、なまなかなことをいいかけて恥をかいては大変だ、といって退散した、というのである。殿上人が口ずさんだ「忘るるまなく」という句は、いうまでもなく『源氏物語』「野分」の巻で、夕霧が雲井雁に贈った、「風さわぎむら雲まよふ夕べにもわするゝまなくわすられぬ君」の歌に見えるものである。情況に適したこの句をいわゆる「そへ事」として、女の気を引こうとしたのであった。それに対して、女の吟じた句は、『和漢朗詠集』行旅に見える橘直幹の詩句で、「洲蘆《ノ》夜《ノ》雨他郷《ノ》涙」と対句を成すものである。殿上人のなまめかしい和歌に対して、女だてらに漢詩——それも蕭条たる景情を扱った——で対抗したので、男たちは恐れひるんだのだった。

このような話や先の二話などが、どうして「可《キ》レ施《ス》二人《ニ》恵《ミヲ》一事」の教訓に叶うのかは、まったく理解に苦しむ。むしろ、「第七可《キ》レ専《ラトス》二思慮《ヲ》一事」や「第十可《キ》レ庶二幾《ス》才能《ヲ》一事」に相当しそうな説話である（第一類本の標目はこの点たしかに無理がない）。ともあれ、当意即妙に詩歌で応答するこのような王朝の色好みの伝統が、中世貴族の世界にも生き永らえていて、それが大体の場合賞讃されていたことは、これらの説話からほぼ確かめられそうである。

では、やはり『十訓抄』の第一の標目の下に掲げられている、「土佐判官代道清好色《ノ》事」という話の場合はどうであろうか。この道清は、「源氏・狭衣たてぬきにおぼえ、哥よみ連哥を好みて、花のもと月の前すきありき」、「然るべき宮原の女房しらぬなく、たゝずみありきけり」という色好みであった。「東山のある宮原の女房」に懸想したが、一向にいい返事は得られない。八月の二十日頃の月夜に、例のごとく訪れると、女官（下級の女房）が取次に出てきて、珍しくも、女主人は持仏堂の方でお話しようといわれたというので、心嬉しく、案内されるままに入ると、遣水がひそやかな音を立て、萩や女郎花が風に靡き、松虫の声にまじり忍びやかな読経の声が流れて、幽寂な佇まいである（このあたり、前述の太秦の女房の住まいと類似の場面設定である）。そこで指図された通り御簾の脇に待っていると、「おくよりいたくつゝみたるけしきにあらで、たゝみをそよ〳〵とふみて人くなり。何となくこゝろさはぎらせらるゝに、『いづら』といふ声花やかなり」。女がやって来て御簾に入ったのである。そして、「内へ入り給へ」と指示するので、そっと入ってみると、「みすの絶え間より月の光くまなくさし入りたるに、いとつゝみたるさまもせず、女房のよりきて、うらうへのひざをつきてついゐて、『……かくたび〳〵に成りたるを、情なき方にや思はせ給ふらんとて、きと立ちながらと思ひて参りつるなり』といひはつるやをそきと」、女は「ことの外になれがほにあられもない姿になった。「道清ものもおぼえず、打ちまかせては男のすゝむならひにてあるに、かやうなれば、いかにすべしともおぼえず。……いみじく臆しにければ、はか〴〵しくもふるまはず、させる事なくてやみぬ」。女は憤然として引っ込んでしまい、再び声をかけてはくれなかった。

夜更けまで空しく待った道清は、ついに衣装をかかえて逃げ出したのである。著者はこの話を録した後に、次のごとき感想を記している。「所の景気にも似ざりつる女房のふるまひもさることにて、色好みたつるほどの男のありやう共おぼえず、いと不覚なり」。著者は引き続いて、関白の行列を数寄友達の後徳大寺実定と間違えた道清の失敗を述べ、「いたくすきするものは、かく嗚呼の気すゝむにや」ともいう。これらの場合には、「源氏・狭衣たてぬきにおぼえ」という教養も無力である。

(1) ただし、佐々木八郎氏は『平家』が『十訓抄』や『今物語』を資料として取り込んだとされる(『平家物語評講』上)のに対し、冨倉徳次郎氏はこれらの説話集によったのではなく、こういう説話が伝えられていたのを『平家』作者が利用したのである(『平家物語全注釈』中)とされる、といったニュアンスの違いがある。

二

王朝も初めの頃の色好みたち、業平や元良親王、物語中の人物に例を取れば、散佚したためにその全貌は明らかでないが、交野の少将などの振舞いには、天衣無縫なものがあった。しかし、かれらは程度の差こそあれ、そのような風流の行為に自らを賭けていたと思われる。「身を要なきものに思ひなして」(『伊勢物語』)といい、「身をつくしてもあはんとぞ思ふ」(『後撰集』)というのは、かれらのそういう姿勢を端的に表わす言葉である。交野の少将も、『落窪物語』の主人公の少将に、「かれはいとあやしき人の癖にて、文一くだりやりつるが、はづるゝやうなければ、人の妻《め》、みかどの御めも持たるぞかし。さて身いたづらに成りたるやうなるぞかし」と評されている。『伊勢物語』に代表される色好みたちの物語の美しさは、身の破滅をも顧みないで恋の冒険にすべてを賭ける浪漫性、一種の果敢さによって、いよいよ輝きを増しているように思われてならない。

中世の色好みたちには、この果敢さ、浪漫精神、要するにスケールの大きさがない。かれらはおおらかな先輩たちに較べると、うじうじし、いじけて内省的である。匂宮的でなく、薫的である。しかも、薫はしなかったようなへまをやるのである。女房の漢詩ぐらいで尻尾を巻いて退散するかれらは、趣味的教養人ではあっても、とてつもない恋の冒険などはとうていしでかせるものではない。たしかに、中世貴族の世界にも、色好みの伝統は生き永らえてはいる。しかし、それは衰弱した、細い流れにすぎない。その理由としては、儒教的な倫理や、仏教的な世界観の滲透を挙げることができるであろう。が、同時に（それらとも無関係ではありえないが）、貴族的な事勿れ主義が、若若しい浪漫精神を圧しつぶしたとも考えられるのである。

中世貴族たちは、王朝の風流の甘美な見果てぬ夢を依然として追っていたかったに違いない。しかし、貴族社会の内部において、その夢は破られざるをえなくなった。王朝末期から中世初期にかけての貴族社会は、（特に愛欲に関して）様々な醜怪な面を露呈してくる。摂政基通を愛した後白河法皇の頽廃ぶりは、九条兼実の日記『玉葉』に指弾するごとくである。歌人寂蓮の子若狭守保季は、武士の妻を凌辱して殺されたし、村上源氏の雅行は息子の侍従親行を手に懸けて、洛外へ追放された。親行が父の家に強盗として押し入ったり、妹と通ずるなどの不倫を犯したために、この挙に出たのである。強盗といえば、検非違使別当（現代の警視総監のごとき役）隆房の家の上臈女房が、夜な夜な若い男の面を着けて、強盗団の首領として陣頭指揮をしていたという、龍之介好みの女賊奇譚が、『古今著聞集』に録されている。本妻と側室との葛藤が深刻な様相を呈してき、呪咀や謀殺にまで発展する例も少なからずあったらしい。(1) これらは極端な例であるが、貴族社会の通念に従えば（そして現代の感覚からいっても）、近衛天皇の后妃であった多子が、甥に当る二条天皇の後宮に入内する「二代后」の事態にしても、やはり正常とは考えられなかった。

当時の人々はこれらすべてのことを、「世澆季に及んで、人梟悪をさきとする故也」（『平家物語』）と説明したであろう。延喜・天暦の頃が伝えられるような聖代であると信ずることのできた人々は、この説明で納得したであろう。けれども、その聖代も様々な矛盾を内包していたことを歴史によって知らされているわれわれは、そのような単純な説明に満足できない。

貴族社会の頽廃は時代の転換期をきっかけとして、たまたま露呈されたにすぎないのであって、その病根は長く、深いのではないであろうか。そして、貴族社会の文化的な高さそれ自体とその固定化に、それは潜むもののように思われる。

中国文化を直輸入した貴族社会は、早くから高度な発達を遂げ、何度かの政変の後、政権が藤原北家の摂家一流の独占に帰すると、固定化の一途を辿った。貴族の間には英雄清華の家、羽林家、諸大夫の家といった家格が定まり、本人の能力によってではなく、その家の「先途」によって、一人の人間の一生のコースはあらかた決まってしまうという傾向が生じた。もちろん、これは絶対的なものではなく、中には院庁と摂関家とに分裂した政治に介在し、乃至は内裏と仙洞との間を画策して勢力を伸長した新興貴族――勧修寺家や伊勢平氏のごとき――もなくはないが、大勢において個人の努力が不要であり、無益ですらある風潮が瀰漫すると、貴族たちは国政へ参与する意欲を失い、既得の私的な権利や利益を保持し、さらにこれを拡大することになる。そして、そのためにいわば傭兵とした武士たちによって、自らの繁栄の基盤である荘園が蚕食されてゆくのも気附かなかった。

権威主義・形式主義、そして保守的な物の考え方は、貴族的な思考形式の大きな枠組である。故実に通暁していることは、貴族として必須の条件であった。この目的のために、多くの家記（漢文日記）が記され、『富家語』・『禁秘抄』・『名目抄』・『桃花蘂葉』などが編まれている。いずれも子孫に遺すことを目的としたもので、形式主義と家の意識とが密接に結びついている。文学・芸能に熱中することも、家格・家門の意識や権威を保持しようという考え方と無関係ではなかった。俊成などはもとより自ら進んで作歌に親しんだのであろうが、定家や有家あたりになると、父やその他周囲の人々の指導によって歌の世界に生きるべく仕向けられているような節が、まま見受けられる。為家に至っては、その歌人としての出発はまったく他律的である。蹴鞠にしても、藤原成通は文字通り数寄に徹した達人であったのであろうが、飛鳥井家の雅経や雅有などは、自ら楽しむ以前に、家の業としての自覚が強かったであろう。世尊寺家に代表される入木道においても、同様のことはいえる。固定化と沈滞は、貴族社会のあらゆる面に現われている。

(1) それらについては、本書「怨み深き女生きながら鬼になる事」で若干言及した。

三

人間には固定・停滞を厭い、流動・進展乃至は変化を求める傾向があるはずである。それが文学運動となって現われれば、既成の倫理や道徳の矛盾を弾劾し、その革新を要求する方向に進むであろう。大体、それは文学や芸術の本来の性質でもある。権力や権威に追随し奉仕する文学が第一級の文学であった例はない。

けれども、前述のごとく、中世貴族社会の枠組はそのような自然の欲求を圧殺してしまう。結局、そういう欲求は屈折して、隠微な形で表現されざるをえないであろう。これを具体的な文学ジャンルについて見ると、宮廷貴族文学の主流を占める和歌においても、宮廷の頌歌という枠を崩すことなく、その裡で変質が生じて来ている。すなわち、定家を中心とするいわゆる新風の和歌も、王朝初期の風流への憧憬という形で、結局はそのような固定化への反撥を屈折的に表現したものであろうと考えるのであるが、このことについては別の機会にいささか述べたこともあるので[1]、ここでは繰り返さない。作り物語についていえば、『とりかへばや』や『有明の別れ』・『風に紅葉』のような不自然な構想が生まれたのも、頽廃した貴族社会の直接的な反映という面ももとよりあろうが、むしろ社会に先行して新しい風俗や倫理を模索するという点も皆無ではないはずで、それなりの必然性はあったと見るのが正しいであろう。『とりかへばや』については、すべてを宿世として甘受する登場人物たちの無抵抗な従順さに現われている無気力さと、「こゝろばへたとしへなく、かゝらぬくまなくこのましく、なよびなまめかしくて、おもひいたらぬかたなき心」の持主宮の中納言[2]の性格造型に徹底した戯画化が認められることを注目したい。それは、この稿の初めに引いた道清の間抜けな振舞いに対する嗤笑とさほど異ならないと思うのである。説話については、貴族説話が特に愛慾方面に関して、好んで暴露的なエピソードを取り上げることが顕著な現象である。それは大体において、いかにも貴族らしい、「殿上闇討」式な陰険な形で読者の低劣な興味に媚びていると見るべきであるが、結果的には現実に対する批判となっていることを認めてよいであろう。そして、それらを通じて、王朝風流譚に漂っていたおっとりした品位の喪失や、それと反比例する殺伐さの増大が看取されることは、新興武士社会の影響の早い現われとして説明できるかもしれない。

（1）「和歌文学と源氏物語との関係―源氏物語の和歌の視点から―」（『解釈と鑑賞』昭和四三年五月）。

（2）かれは女右大将の妻四の君と通じ、女右大将自身をも一旦はわが物とした。さらに、女右大将と入れ替った男尚侍によって、吉野宮の中君を与えられ、好色の秘奥を極めたにもかかわらず、いつまでも入れ替りのからくりを気づかず、失踪した女右大将（男尚侍と入れ替って、尚侍から中宮になる）を慕っていた。

四

以上、中世貴族社会の主としてマイナス面を取り上げて、それらが文学にどう反映しているかについて、その一斑を述べた。この社会にもともとよりプラスの面は存在した。個人でいえば、按納言長方・葉室光親らは一級の人物だったと目される。就中、長方は自身歌人でもあり、説話の類にも時折描かれて、興味をそそられる存在である。しかし、それらの点については別の機会を期したい。

さて、現代社会の状況は、中世貴族社会とまったく無縁であろうか。いな、表面的には一応安定しているかに見える状況の中での偸安と、それに伴う既成の風俗や道徳への反抗・破壊など、両者の間にはむしろ種々な点でのアナロジーを見出すことができそうに思われてならないのである。

〔附記〕『十訓抄』の引用は新訂増補国史大系本によったが、私に送り仮名を補った。右に・を打ったものがそれである。

怨み深き女生きながら鬼になる事
——『閑居友』試論

一

嫉妬に狂って鬼と化した女は、能では般若の面を掛け、緋の長袴をはいた「般若出立」で登場するのがきまりらしい。「葵上」や「道成寺」「鉄輪」などがその例である。鬼女がこのような姿をもったものとして考えられるようになったのは、いつ頃からであろうか。

ここに一つの話がある。

中頃のこと、それほど身分も卑しくない男が、事のついでに美濃国のある人の女の許へ通うようになった。が、遠距離のことでもあるので、心ならずも訪れはと絶えがちであった。女はうぶであったのか、男が薄情だと思い込んでしまった。時たま逢っても、このようなしこりが生ずるとしっくりしない。男は女を恐れるようになり、本当に遠ざかってしまった。女は物を食わなくなり、障子を立てきって着物をひっ被って籠っていたが、黒髪を五房に結い分け、近くにあった水飴の桶から飴を取って髪に塗り乾かし、紅の袴を着て、夜密かに出奔した。その後、男が死んだ。「それを悲しんで淵川に身を投げたのか」と方々を捜したけれども、杳として女の行方は知れない。そのうち、女の両親も死んで三十年ほど経った。その頃、この国のとある野中の破れ堂に鬼が棲み、牛馬や幼児を取って食うという噂が広まった。そこで問題の堂を焼き払おうということになる。火が放たれた。すると、半ばほど焼けた堂の天井から、五本の角があり赤い裳を腰に巻きつけた、いいようもなく気味悪い者が走り下りてきた。囲んでいた里の者たちが弓で狙いをつけると、「ちょっとお話申し上げることがあります。即座に殺さないで下さい」という。「お前は何者だ」と問うと、鬼は自分の素性を語り始めた。出奔した女のなれの果てなのである。そして、

> さて、その男はやがてとりころしてき。その後はいかにももとのすがたにはゐ(マヽ)ならで侍しほどに、世中もつゝましく、ゐ所もなくて、このだうになんかくれて侍つる。さるほどに、いける身のつたなさは、ものゝほしさたへしのぶべくもなし。すべてからかりけるわざにて、身のくるしみいひのべがたし。夜ひるは身のうちのもゑ(マヽ)こがるゝやうにおぼえて、くやしくよしなきことかぎりなし。ねがはくは、そこたちかならずあつまりて、心をいたして、一日のうちに法花経かきくやうしてとぶらひたまへ。また、このうちの人〳〵おの〳〵めこあらむ人は、かならずこの事いひゝろめて、「あなかしこ、さやうの心をおこすな」といましめたまへ。(1)

と、さめざめと泣きながら懺悔すると、自ら火中に飛び込んで焼け死んでしまった。

これは、鎌倉時代の初期に成った『閑居友』下巻に見出される、「うらみふかき女いきながら鬼になる事」という話である。鬼女が野中の古堂に籠っているところなどは、「黒塚」に一脈通うと

ころもある。ともかく、こういった劇能などが直ちに連想されるような、それ自体劇的な内容を簡潔にまとめ上げたこの作者の筆の運び――特に、女が行方不明になった、とだけ書いて、「さてのみすぎゆくほどに、年月もつもりぬ」と話頭を転ずるあたり――は、凡手ではない。けれども、私が注目したいのは、右にも引用した、鬼女の長い懺悔とその自ら選んだ死である。

　中世小説の『磯崎』も、妬婦が鬼面をかぶって後妻を打ち殺し、そのために一度は生きながら鬼になって苦しむが、日光山の稚児学生となった我が子の説法によって元の人間に戻ったという話である。ここでの妬婦の苦しみは不釣合い極まる古歌を利用した一種の美文にもわざわいされて、上滑りしているし、懺悔によって救われるのは、御都合主義というべきである。それに対し、『閑居友』の話は妄執の孤独な苦しみを物語って、暗く悲しい。

　嫉妬のあまり、他人を呪咀する話は、『発心集』巻八「四条宮ノ半者《ハシタモノ》呪二咀シテ人一ヲ為ル二乞食ト一事」にも見える。これは後妻打ちの逆を行く話である。名を「ミナソコ」という四条宮（寛子か）の端者は妻ある男に愛されていたが、その正妻に唆かされて、受領となった男が約束を反古にして、自分を置き去りにして任国へ下ってしまったと聞いて悪心を起し、貴舟明神へ百夜参りをして我が命にかけて呪う。その験あって、一月ほどして男の正妻は、「湯殿ニヲリタリケル時、湯ノケノ中へ、天井ノ中ヨリ、シタウヅハキタル足ノ一尺バカリナルヲサシヲロシタルガ見ヘ(2)」、それから病みついて間もなく死んだ。京でそれを聞きつけたミナソコはいいようもなく悦んだが、それから零落して、ついに乞食になってしまった。老が迫ってくるにつれて、悪念を起したことが後悔されるけれども、今さら甲斐ないことだ、と自ら語ったというのである。

北の方だけに見えて他人には見えないという、湯気の中の足の怪異はさすがに無気味であるが、端者への応報は乞食に落ちぶれたというだけであるのは、それだけ現実的であるともいえようが、応報譚としては迫力に乏しい。呪咀した側の良心の呵責が意外に弱いのも、この種の説話では珍しい。同じ『発心集』巻五の、母が娘を妬んだために、手の指が蛇と化した話の方が、人間の理性の底に潜む魔の深淵をのぞかせて、はるかに鬼気迫るものがある。

『閑居友』に立ち戻ると、不浄観をこらす話のついでに、「からはしと（「近」カ）河原」に捨てられた若い女の死骸を作者が目のあたりに見た体験談も、当時の世態の一面をリアルに写しているものとして、注目される。この女は、女主人の夫と密通したのが露顕して、男の他行中惨殺されて棄てられたというのである。『沙石集』や『高野物語』にも、やや似たケースの話があった。『沙石集』についていえば（巻七、六、「嫉妬ノ人ノ霊ノ事」）、これは或る公卿の家庭に起った事件である。愛人の方は懐妊していたのだが、正室はたばかってこれを呼び寄せ、残虐な仕打ちで胎児もろとも愛人を死に到らしめた。妊婦の母親も、「モロ〳〵ノ社ニ詣テ、ウメキ叫ビ、タヽキヲドリテ、「我敵キタベ」トゾ云ケル。アマリノ思ニ軈而思ヒ死ニ」[3]死んでしまった。間もなく現報があって、正室はあつち死のような死に方をする、というのである。『高野物語』[4]では、第四話「さゝきのせいあみだぶ」（とよらの四郎）の発心譚として語られている。やはり男の留守中に、正室が側室と偽りの友誼を結び、気を許させておいて腹心の者に殺させ、地蔵堂のある墓原へ埋め、禅僧とともに出奔したように夫に告げ知らせる。以後、男は仏教の迫害者となったが、地蔵堂に泊った一僧侶の前に妾の亡霊が現われて真相を告げたので、男は悲しみのあまり女の遺骨を拾って、高野山に登ったという話である。ここでは正室への応報はなく、終りは地蔵堂にまつわる幽霊話となっている。ここでも側室は懐妊していたが、その幽霊の告げに従って、死骸の腹を切り裂いて見たら、(5)胎児は玉を延べたような男子であった、というあたりにも、かなり説話化が進んでいると思われる。

これらに対し、『閑居友』では、遺棄された女の死体の爛壊してゆく醜悪さが描写され、それに関する作者の感想が縷々と述べられるだけで、本妻への応報も語られなければ、妾の亡霊が出て来るわけでもない。これは巷間の出来事を見たままに記しただけで、後日譚をまったく欠いているのである。この種の説話でこれ以上リアルなものは少ないであろう。

（1）以下、『閑居友』の引用は尊経閣叢刊の複製本による。但し、清濁・句読等は私意。

（2）以下、『発心集』の引用は、「慶安四辛卯歳仲春　中野小左衛門刊行」の刊記ある版本による。但し振仮名は少数を除き省略し、句読も私意による。

（3）以下、『沙石集』の引用は日本古典文学大系本による。

（4）『桂宮本叢書』第一七巻所収。

（5）懐妊したまま死亡した産婦は、胎児を取り出して身二つにしないと成仏しないという考えは、時代が下るが、『本朝二十不孝』巻三「娘盛の散桜」にも見える。

二

説話者に共通する最も基本的な姿勢は、話そのもの、事件そのものに対する限りない興味であり、その話や事件の内に動く人間への旺盛な好奇心であろう。

仏ハ衆生ノ心ノサマ〳〵ナルヲ鑒《カヽミ》給ヒテ、因縁譬喩ヲ以テコシラヘ教《ヲシヘ》給フ。我等仏ニ値《アヒ》奉ラマシカバ、何《イカ》ナル法ニ付《ツイ》テカ勧《スヽメ》給ハマシ。……此ニヨリ、短心《ミジカキ》ヲ顧《カヘリミ》テ殊更ニ深法《フカキミノリ》ヲ求メス、ハカナク見《ミル》事聞《キク》事ヲ註《シルシ》アツメツヽ、シノビニ座ノ右ニヲケル事アリ。即賢キヲ見テハ及《ヲヨビ》難クトモコヒネカフ縁トシ、愚ナルヲ見テハ自ラ改ムル媒トセムトナリ。

（『発心集』序）

といい、

夫道ニ入方便一ツニ非ズ。悟ヲ開ク因縁是レ多シ。其大キナル意ヲ知レバ、諸教義異ナラズ。修スレバ万行旨ミナ同キ者哉。此故ニ、雑談ノ次ニ教門ヲ引、戯論ノ中ニ解行ヲ示ス。是ヲ見ン人、拙キ語ヲ欺カズシテ、法義ヲ悟リ、ウカレタル事ヲタヾサズシテ因果ヲ弁ヘ、生死ノ郷ヲ出ル媒トシ、涅槃ノ都ニ至ルシルベトセヨトナリ。是則愚老ガ志ナリ。

（『沙石集』序）

というような理由付けはあとからいくらでも可能であるが、渡辺綱也氏が指摘されるように(1)、生来無住は話好きなのであった。そうでなくては、「無二嫉妬ノ心一人ノ事」（巻七）で、かの有名な天文博士と朝日阿闍梨の話やそれに類する卑陋な話に興じたり、いくら和歌が陀羅尼であり真言であるからといって、あのように多くの和歌説話を録したりはしなかったであろう。長明も、『無名抄』で俊頼や琳賢を底意地の悪い人間に造型し、かれらがむしろ人の良い基俊をやっつけるところに興味を寄せているらしいことを思うと、けっして人間そのものへの興味を失っているとは思われない。

それに対して、初めに挙げたような話をああいう形でしか述べなかった『閑居友』の作者の場合はどうであろうか。かれもまた、異常な事件やその中にうごめく人間の姿に限りない興味をもちえたのであろうか。石母田正氏の言葉を借りれば、かれもまた「人間が面白くてたまらない」(2)人間の一人なのであろうか。

『宝物集』・『発心集』・『閑居友』・『撰集抄』などは、中世初頭の仏教説話集として、一つの系列を作っている。『沙石集』・『雑談集』も、一応この系列に連なるものと考えてよいのであろう。そして、『宝物集』から『撰集抄』までの各作品では、説話的発想法とは正に対極的な自照的発想法、随筆的な（乃至は説話評論的な）発想が次第に強まってゆく傾向があるということが、西尾光一氏によって夙に指摘されている。(3)そのような点では、『閑居友』は、その前後の作品とさしたる違いはないのである。けれども、そもそもこのような説話集を筆録した姿勢からして、他の作者たちと異なる何物かがあったのではないか。そのような漠然とした見通しの下に、まず『発心集』との対比において、『閑居友』を考えてみたい。

（1）　日本古典文学大系『沙石集』解説。

(2) 石母田正『平家物語』(岩波新書) 四七ページ。
(3) 西尾光一『中世説話文学論』第四篇第五章・第五篇第四章。

三

『閑居友』は、上巻二十一、下巻十一、計三十二の説話より成る二巻の説話集である。早く、尊経閣叢刊の解説が指摘するように、上巻はすべて男の発心遁世談、下巻は女を主人公とする同様の話から成っている。跋文相当の部分(下巻「東山にて往生するめのわらはのこと」の後半)によれば、承久四年(貞応元年、一二二二)の三月の中頃、西山の草庵で記された。「ことばつたなく心みじかきものゆへ」恥じて中止しようとしたけれども、「もしほ草かきあぐべきよしかねてきこゑ(マヽ)させければ」、思い返して執筆を続けたという。永井義憲氏は、その著者は松尾上人慶政で、本書の編述を要請した人は後高倉院の皇女利子内親王(式乾門院)ではなかったかと推定された。(2)

その後、慶政については、先年宮内庁書陵部における九条家文書展観の際、太田晶二郎氏や平林盛得氏の御研究によって、後京極良経の息であるらしいことが判明した。(3) このような出自であれば、かれが権門勢家に近かったのは当然すぎるほど当然なことである。

ところで、跋文相当の部分で、

この世をいみじとしもはおもはねど、きのふもいたづらにすぎ、けふもむなしくゝれぬるぞかし。たそがれになり行時にこそ、いかに侍や覧、おなじのでらのかねなれど、ゆふべはこゑのかなしくて、なみだもとゞまらずおどろかれ侍。

と述べられているが、これは発想において、

不覚不知不驚不怖の心を　　慶政上人
驚かでけふも空しく暮れぬなりあはれうきみのいりあひの空　（『風雅集』・釈教）

と酷似するし、そもそも徹頭徹尾釈教歌人である慶政[4]は、たしかに本書の著者にふさわしい。また、「かう野のひじりの山がらによりて心おゝ(マヽ)こすこと」の後半、感想の部分は、引歌を豊富に駆使して、やや上ずった響きすら与えかねない美文的な箇所であるが、そのうち、

山田を返すしづのおの、ひくしめなはのうちはへて、

という句は、どうやら良経の、

小山田にひくしめなはのうちはへてくちやしぬらん五月雨のころ　（『新古今』・夏）

を引いたものらしい。これらのことも、慶政著者説に若干の支点を与えるかもしれないが、後述するような神明に対する無関心さは、むしろ浄土門の人々に近いとも見られ、かれが神に対してどのような考えを抱いていたかを、なお探る必要がある。

著者の問題はなお今後検討の余地があるにせよ、作者が女性の読者を念頭に置いて執筆したであろうことは、上巻でも、今も述べた「かう野のひじりの山がらによりて心おゝこすこと」で、女性

の食事に際しての作法を説き、下巻が先述のごとく、すべて女を主人公とする説話であることからも、十分想像されるのである。

執筆に当って作者が意識したのは、少し前に成立した『発心集』である。

> さても、発心集には伝記の中にある人〳〵あまたみゑ(マヽ)侍めれど、このふみには伝にのれる人おば(マヽ)いるゝことなし。

それはどうしてかというと、世間の人の常として、僅かに自分が見聞した狭い知識に基づいて、これは何某の記した物の中にあった話であるなどと、いとも簡単にいう者もあるであろう。「長明は人の耳おも(マヽ)よろこばしめ、またけちえんにもせむとてこそ伝のうちの人おも(マヽ)のせけんお(マヽ)、よの人のさやうにはおもはで」、そのようにいう現実を考えたのである、という意味のことを述べ、「ゆめ〳〵くさがくれなきかげにも、我をそばむる詞かなとはおもふまじきなり」といっている。これは長明の霊に対する慰藉の言葉であろう。

また、すでに「伝」(高僧伝・往生伝の類)に記されたことを書くのは一方では憚りもある、とも作者はいう。もともと筆を執って物を書く者の動機は、自分がこの事を書き留めなければ、後世の人はどうしてこれを知ることができようかという使命感から出発するのであろう。そうやって、古人が心も巧みに、表現も整って記したものを、今みっともなく歪めて引き写すのもどうかと思われる。それやこれやで、往生伝に記された話は省いた、というのである。これが『発心集』との内容的な相違の第一である。

次に、

また、このかきしるせるおくどもに、いさゝか天竺晨旦日域のむかしのあとを、ひとふでなどひきあはせたる事の侍は、これおは(マヽ)しにてしりそむるえともやなり侍らんなどおもひたまひ(マヽ)てつかうまつれる也。

という。一方、『発心集』の序では、

天竺震旦ノ伝聞《ツタヘキク》ハ遠ケレバカヽズ。仏菩薩ノ因縁ハ分ニタヘサレバ是ヲ残セリ。唯我国ノ人ノ耳近《チカキ》ヲ先トシテ、承ハル言ノ葉ヲノミ注《シル》ス。

と宣言していた。慶安四年版本や、それを底本とする『校註鴨長明全集』本によると、巻二に「舎衛国老翁不《ル》レ顕《サ》二宿善《ヲ》一事」と「善導和尚見《ル》レ仏《ケヲ》事」との二条が、外国種の話としてあるけれども、おそらくこれは、全集本の脚注で「イ本にはこの項を立てず、前項につゞけてある」と説明された異本のような形が原形ではなかったろうか。すなわち、これらはともにその前の「或上人不《ル》レ値《ハ》二客人《ニ》一事」に続けて書かれていて、作者としては一つの引例にすぎなかったのであろうと考える。または、永積安明氏がすでに考察されたように、(5)後人によって増補された部分かという想像ももとより可能であるが、いずれにせよ、序で打ち出した方針は崩されてはいないと思われる。それに対して、『閑居友』では話が異朝に及ぶことをも避けない、と明言するのである。といっても、事実は三十二話のうち、中国種の話は、「もろこしの后のあにわび人になりてかたへをはぐくむ事」と「もろこしの人馬牛の物うれうる聞て発心する事」の二条であり、その他異域を舞台とする話として、「真如親王天竺にわたりたまふ事」があるにすぎない。ただ、本朝の話の中にも、天竺・唐土の高僧の伝はしばしば引かれ、その割合は『発心集』よりも多いようである。この視野の広狭の差が、両説話集の内容的な違いの第二である。

さらに、思想内容の面では、両書における神仏習合的な思考の有無が注目される。『発心集』についてみると、全集本で補遺としている四条にはすべて神明の奇瑞や託宣が語られているが、全八巻の中にも、「詣ル二日吉社ニ一僧取二奇《トリアヤシム》（「棄」トアルベキカ）死人ヲ一事」（巻四）、「花園左府詣テ二八幡ニ一祈ル二往生ヲ一事」（巻五）、「同（空也）上人脱キレ衣ヲ奉ル二松尾大明神ニ一事」（巻七）、「四条ノ宮半者咒シテ二咀人人ヲ一為ル二乞食ト一事」「或上人放《ハナチイケル》二生神供鯉ヲ一夢中ニ被レ怨《ウラミラル》、事」「下山僧於テ二川合社前ニ一絶入ル事」（以上いずれも巻八）など、神に対する信仰が語られている箇所は少なくない。

このことは長明自身気づいていた。それゆえに、かれは跋文相当の部分（巻八「下山僧於テ二川合社前ニ一絶入ル事」の後半）でいう。

抑《ソモ〳〵》コトノ次ゴトニ書ツヽケ侍ルホドニ、ヲノヅカラ神明ノ御事多クナリニケリ。昔余執カナトアザケリモ侍ベケレド、強《アナカチ》ニモテ離《ハナレ》ント思フベキニモアラズ。其ノ故ハ、大底スヱノ世ノ我等カ為ニハ、タトヒ後世ヲ思ハムニ付テモ、必ス神ニ祈リ申ベキト覚ヘ侍ナリ。

そして、さらに語を継いでいう。釈尊入滅後二千余年、天竺より数万里離れているわが国に、仏教は辛うじて伝わったけれども、正法時・像法時ともに過ぎて、今は末法の世である。このとき、諸仏菩薩が、無仏の悪世に惑い、浮ぶ瀬のない「辺卑ノサカヒニ生レ」た衆生を救うために、「イヤシキ鬼神ノツラトナ」ったのである。だから、悪魔を従え、仏法を守り、賞罰を表わし、信心を起させるなど、すべて利生方便より起ることである。

中ニモ我国ノアリサマ、神明ノタスケナラズハ、イカニカ人民モヤスク、国土モオダヤカナラム。小国辺卑ノサカヒナレバ、国ノ力ヨハク人ノ心モ愚ナルベシ。カクシテハ天魔ノ為ニナヤマサレ、アラハレテハ大国ノ王ニ領セラレツヽ、安《ヤスキ》ソラモナクテコソハ侍ラマシカ。

このままでは、たとえ仏法が渡来しても、悪魔の妨害が強くて弘通は困難であろう。仏の出現した天竺でさえ、諸天の擁護が衰えた後、仏法は滅んだ。

然ルヲ吾国ハ、昔イザナミイザナギノ尊ヨリ百王ノ今ニイタルマデ、久ク神ノ御国トシテ、其加護ナヲアラタナリ。剰ヘ新羅高麗支那百済ナドイヒテ、イキホヒ事ノ外ナル国々サヘ随《シタカヘ》ツヽ、五濁乱慢ノイヤシキモ、猶大乗サカリニヒロマリ給ヘリ。若国ニ逆臣アレバ、月日ヲメグラサス是ヲホロボシ、天魔仏法ヲ傾ケントスレバ、鬼王トシテ対治シ給フ。是ヨリ仏法王法衰《ヲトロフ》ル事ナク、民ヤスク国穏カ也。

これらすべては、神の利生方便によるものであるとして、かれは神明に関する話を敢えて録したのであった。

このような考え方は、『愚管抄』で、

タヾセンハ仏法ニテ王法ヲバマモランズルゾ。……コレヲバタレガアラハスベキゾトイフニ、観音ノ化身

聖徳太子ノアラハサセ給ベケレバ、カクアリケルコトサダカニ心得ラル、ナリ。(6)
という慈円にも認められたし、もちろん「伊勢神道の正統を受ける無住」(7)の手に成る『沙石集』には顕著である。

ところが、『閑居友』には、これに類する思考形式がまったく見出されない。これが両書の違いの第三である。

ここで第一の違いと呼んだものに注目して、小林保治氏は、『閑居友』が「既に書物にかきとどめられて継承性を獲得している『事実』を再録しようとするのではなく、『隠れた新しい事実』を記述するという方針に則した編述」であることを指摘し、その事実とは「出離の道に入るべきことの願わしさを説きすすめるのに便ある事実であったように思われる」と論じられた。(8)私もその論に賛意を表するものであるが、ここでは今第二、第三の相違点と名付けたものについて少々考えてみたい。そして、この二つは相互にからみ合うもののように思われる。

(1) 池田亀鑑氏の執筆。
(2) 永井義憲「閑居友の作者成立及び素材について」(『仏教文学研究』所収)。
(3) 「釈慶政略伝」(『書陵部紀要』第一〇号、昭和三三年一〇月)。
(4) 勅撰入集歌計二十二首中釈教歌は十三首、その他、四季歌にも深山の奥の閑居を歌ったものが目立ち、哀傷歌・離別歌・雑歌などを通じて、釈教的で悲哀への傾斜が著しい。そこには「つねにうちしめりてたかきゐわらひもせず」(「かう野のひじりの山がらによりて心おゝこすこと」)という生き方に通ずるものが感じられる。

（5）　永積安明「長明発心集考」（『中世文学論』所収）。

（6）　日本古典文学大系本による。

（7）　日本古典文学大系『沙石集』解説。なお、以上のような問題を論じた研究に、田村円澄「神国思想の系譜」（『日本仏教思想史研究――浄土教篇』所収）がある。また、長明の神国思想に対するいわば日本小国思想については、日本古典文学大系『歌論集能楽論集』所収『無名抄』（同書八四・二五一ページ）を参照されたい。

（8）　小林保治「女性のための著述と文体――「閑居友」論ノート（上）――」（『古典遺産』第一三号、昭和三九年五月）。

四

おそらく、一生をわが心との対決に終始したであろう長明は、『発心集』の編述に当っても、まず第一に自分の心の要求に忠実であろうと努めたのではないであろうか。長明にとっては、天竺震旦の話はあまりにも現実離れしていた。かれの関心は、現に生を享けた日本国を出ることがなかった。日本国に生まれ、育った以上、日本の神々に対する信仰を無視するわけにはいかない。あまつさえかれの生家は賀茂の禰宜の家であった。「昔余執カナトアザケリモ侍ベケレド」と弁疏する所以である。

日本人であるという意識は、「久ク神ノ御国トシテ、其加護ナヲアラタナリ。剰へ新羅高麗支那百済ナドイヒテ、イキホヒ事ノ外ナル国々サヘ随ツヘ《シタカヘ》」とまでいわせた。これは『発心集攷』で岡本保孝が指摘するように、(1)「小国辺卑ノサカヒナレバ、国ノ力ヨハク人ノ心モ愚ナルベシ」という前文と必ずしもしっくりしないのである。やはり保孝が触れているように、長明のいいたいのは、本来は小国辺卑の境だが、それが神の加護によって強力になったということであろうから、かれ自身はいささかも自家撞着を感じていないのであるが、そこにはやはり劣等感と強がりの優越感とがせめぎ合っているのである。

『閑居友』の作者には、この点での矛盾はない。かれには渡宋の経験がある。大国をまのあたりに見てきた眼には、日本はそれこそ長明のいうように、「小国辺卑ノサカヒ」としか映らなかったであろう。最初に、真如親王の渡天の事を述べる件りでも、

> 昔のかしこき人〳〵の天竺にわたり給へる事をしるせるふみにも、大唐新羅の人〳〵はかずあまたみえ侍れど、この国の人はひとりもみゑ(マヽ)ざんめるに、この親王のおもひたち給けん心のほど、いとあはれにかしこく侍り。

という。親王の称揚は、「この国の人」は概して不信であるという認識の上に立ってなされているのである。もと興福寺の僧であった清海上人の発心を語る条では、

> この国のならひ、いまもむかしもうたてさは、東大寺興福寺ふたでらの僧ども中あしき事ありて、東大寺

へいくさをとゝのへてよせけり。

という。澆季末世に及んでというのではなく、「いまもむかしも」といっているのは注目される。無一物の聖の、自らの手による葬式を語った後には、

もろこしにまかりて侍しにも、さらになにもなくてけさとはちとばかりもちたる人せう〳〵みへ侍き。「猶ほとけの御国にさかひちかき国なれば、あはれにもかゝるよ」と思ひあはせられ侍き。

との唐土礼讃の語が見える。食物を大切にすべきことを説き、「もろこし」と「この国」との食事の際の作法を対比させて、

されば、もろこしには、いかなるものゝひめ君も、くひものなどしどけなげにくひちらしなどはゆめ〳〵せず、よにうたてき事になん申侍し也。この国はいかにならはしたりける事や覧、はやくせになりにたれば、あらためがたかるべし。

とまで慨歎している。「もろこしの人馬牛の物うれうる聞て発心する事」では、廉直の裡に死んだ親子三人の話を述べ、その絵姿を画に描いて売るそうだと語った後には、

すべてもろこしは、かやうの事はいみじくなさけありて、なきあとまでも侍にや。このやまとの国には、さやうの人のすがたかうものもよにあらじ。かきてうらんとする人もまたまれなるべきにや。

という感想が加わっている。これらを見ると、この作者にとって「このやまとの国」は、「もろこし」とは雲泥万里の信仰薄き国としか認識されなかったであろうことが、ほぼわかるであろう。

このような認識に到達していた著者が、この国の神々を信仰の擁護者として考えることを潔しと

しなかったのは、むしろ自然である。「晴海上人の発心の事」の四種三昧を説明した箇所で、

> 二には常行三昧、いはく、九十日お（マヽ）かぎりて身につねに行道し、くちにつねにあみだ仏の名をとなへ、心につねにあみだ仏を念じて、やすみやすむことなし。神をばこはずして諸仏をみたてまつり、仏の説法をきく也。

と解説するが、あたかもこの行のように、かれは神明の力を借りることなく、直接諸仏の加護を請うのである。

> あはれほとけのたすけにて、つねにかやうに（引用者注、無常を自覚して）のみはべれかしとなげゝども、よゝをへておもひなれにける心なりければ、ひきつゞくこともかたくてのみあかしくらすこそ、かなしともおろかに侍れ。ねがはくは、尺迦如来・阿弥陀仏、すべてはよものほとけたち、むかしのちかひお（マヽ）かへりみて、あはれみをくだしたまへと也。

そこには、昔、目連尊者が遠くの国で道に迷って釈迦の名号を唱えたところ、それをはるか距った釈迦は聞きつけてくれた、という話を録した後に、

> 常在霊山のそらにはいまのこゑもきこしめしすぐさじや。阿難の詞も仏のみことばも、むかしにたがはじとまで心をやりてたのもしくおぼえぬ。

といっていることに看取されるような、一種の楽観的な物の考え方があるのであろう。

> 我等かやうなるまどひの凡夫こそ、この事はりをしらねども、さとりのまへにはいかなるありけらまでも、思ひくたすべきものなく、仏性をそなゑ（マヽ）て侍也。地獄餓鬼までもみな仏性なきものはひとりもなけれ

ば、このことはりをしりぬれば、あやしのとりけだ物までも、たうとからぬ事なし。

といい切り、

「よな〳〵は仏をいだきてねぶり、あさな〳〵は仏とゝもにおく」と傅大士《マヽ》（「士」カ）のときたまへるは、たのもしくぞきこゆる。……この事をつねに心にすてざらむ人は、女人なりとも男子となづく、悪人なりとも善人といふべしなど経には侍めるは、正法のいのちすでにのどにいたれり。いかでかおこたりていたづらにかげをすぐさむや。

と説きかける作者は、末法思想に毒されてはいないようである。かれは人間の仏性を信じきっているのである。このような信仰の持主に対して、「無悪不造ノトモガラ」に結縁させる媒介者としての神は、無用の存在である。

（1）「国ニサヘ随ツ、本邦ニ随ト云コトカ。支那ノ本邦ニ従フト云モイカヾ也。上文ノ小国辺卑ナドノ詞ト相違スルナリ。但長明ノ意ニハ、神ノ加護アレバト云ナリ」（『鴨長明全集』による。ただし、濁点私意）。

五

神を殊更取り上げようとしない『閑居友』の作者は、俗界の最高権威である国王に対しても、特に敬意を払っているとは思われない。玄賓僧都は、作者が「すべてこの国によをのがるゝ人の中に、この人はことにうらやましくぞ侍」と傾倒している人であるが(1)、その玄賓が僧都の位を授けられたとき、

とつくにはやまみづきよしことしげき君が御代にはすまぬまされり

と詠んで逐電したという話（『江談抄』第一「同（玄賓）大僧都辞退事」にも見える）、および同じ玄賓が、僧正になされた悦び申しもすんで雨の夜房に帰ってきた善珠を閉め出して思い知らせたという話などに深い共感を示し、さらに、その善珠は『霊異記』では死後国王となったと伝えられているけれども、実は都率天の内院に生まれ変わったのだなどと述べていることなどを総合すると、作者が国王の権威を重んずる考えの人であったとは思われない。渡天の途半ばにして虎害に遭って命を落した真如親王のことを称讃する場合にも、渡天を思い立ったことの賢明さと、昔は百官に仰がれた皇子の身でありながら非命に失せたことのあわれさは述べられているけれども、それは勿体ない、恐れ多いというふうな皇室崇敬には発展しそうもない。

また、『平家物語』灌頂巻に影響を及ぼしていることで以前から注目されてきた、「建礼門女院御いほりにしのびの御幸の事」では、女院は上の山へ花摘みにいかれたとの答えに接した法皇が、「いかでか世をすつといひながら、みづからは」というと、年老いた尼はつぎのように説く。

家をいでさせ給ばかりにては、いかでかさる御をこなひも侍らざらむ。忉利天ノ億千歳のたのしみ、大梵天ノ深禅定ノ楽にも、かやうの御をこなひのちからにてあはせたまはんずるには侍らずや。うき世をいでゝ仏のみくにゝむまれんとねがはん人、いかでかすつとならば、なをざりの事侍べき。さきのよにかゝる御おこなひのなかりけるゆへにこそ、かゝるうきめを御覧ずる事にて侍らめ。

すなわち、女院の前生における修行、そしてまた現在の勤めの不足をあからさまに指摘し、来世の楽しみのためには苦行せねばならないのだという。同じ場面で、『源平盛衰記』は、老尼をして、

家《イヘ》ヲ出《イデ》、御飾《カザリ》ヲオロサセ給フ程ニテハ、ナドカサル御行《ヲコナヒ》モナクテ候ベキ。過去ノ戒《カイ》善修福《シュフク》ノ功《コウ》ニヨッテ、忝《カタジケナクモ》天下ノ国母《コクモ》ト成《ラ》セ給ヒタレ共、先キノ世ニ加様《カヤウ》ノ懇《ネンゴロ》ノ御勤《ツトメ》ノ候ハザリケレバコソ、今《マ》斯《カヽル》憂目《ウキメ》ヲモ御覧《ラン》ゼラレ候へ(2)。……

といわせ、覚一本系の『平家物語』では、

五戒十善の御果報つきさせ給ふによって、今かゝる御目を御覧ずるにこそさぶらへ。捨身の行になじかは御身をしませ給ふべき(3)。……

といわせている。『盛衰記』のいい方はかなり『閑居友』と重なるところもあるが、『過去ノ戒善修福ノ功ニヨッテ、忝天下ノ国母ト成《ラ》セ給ヒタレ共」という句の存在は、『平家』での「五戒十善の御果報」とともに注目されるのである。

このように、すでに尽きてしまったとはいえ、一旦は過去における国母としての栄華を顧みずにはいられないのは、いうまでもなく国王の権威に対する畏怖と鑽仰とがあるからであろう。『閑居友』にはそれがない。ここでは俗界の権威は無視され、眼はひたすら来世にのみ向けられている。

国王の権威が時代とともに低下しつつあったのは歴史的現実である。それに伴って、帝に対する神話的畏敬の念も次第に薄れていったであろうことは十分想像される。『宝物集』・『十訓抄』や

『古今著聞集』では、道真を左遷した咎によって醍醐天皇が地獄に堕ちた話や、白河法皇が生前作った「善と御罪とひとしくをはします」ため、後世の生所が定まらないという話が語られ、『発心集』や長門本『平家物語』では、数寄に生きた名人たちにとっては宣旨も如何ともし難かった話を録して、御門をして「王位ハロ惜キモノナリケリ」といわしめている。また、『発心集』には、関白は国王に如かず、国王も仏には如かぬことをまのあたりに確認して道心を固めたという、『大鏡』にも見える話も採られてはいる[4]。

けれども、帝王に対する畏怖の念はやはり中世人から容易に消え去ることはなかった。『愚管抄』でも、

ソレニ国王ニハ国王フルマイヨクセン人ノヨカルベキニ、日本国ノナラヒハ、国王種姓ノ人ナラヌスヂヲ国王ニハスマジト、神ノ代ヨリサダメタル国ナリ。

といって、そのこと自体に何ら疑問をさし挿んでいない。『徒然草』では、

竹の園生の末葉まで、人間の種ならぬぞやんごとなき。(一段)

という。そのような中で、

命のかずみちはてゝ、ひとり中有のたびにおもむかんとき、たれかしたがひとぶらふものあらん。……身はにしきの帳の中にありとも、心には市のなかにまじはるおもひをなすべきなめり。

と言い切るのには、承久四年、すなわち国王の権威が一挙に地に堕ちた承久の乱の直後の執筆であ

るということもかなり作用しているのかもしれないが、やはり根本的には、作者の意識が仏者として徹底していたからと見なければならない。

（1）玄賓が遁世者の理想として崇敬されたことについては、田村円澄「遁世者考――『撰集抄』を中心として――」（前掲書所収）がある。

（2）内閣文庫蔵古活字本の写真版による。ただし清濁は私意。

（3）日本古典文学大系本による。

（4）『宝物集』巻二、『発心集』巻五・六、『十訓抄』第五、『古今著聞集』巻一三、『沙石集』巻八、『長門本平家物語』巻一三等参照。

六

このように考えて来て、再び最初に述べた生きながら鬼になった妬婦の懺悔と死を振り返ってみる。彼女が薄情な男を取り殺すときに神の助けを借りた形跡のないこと、そしてまたついには自ら死を選ぶほどの良心の呵責を感ぜざるをえなかったのは頷けないでもない。神の名をかけて呪う者には、同じ神からの罰が下る。しかし、神を持ち出さない作者は、彼女自身が自身を罰するという形でしか考えられなかったのではないか。「からはしちかき川原に」捨てられた女の話でも、当然あってよい後日譚にまったく関心を示さないのも、俗受けのする応報的な物の考え方に同調しないことによるのではあるまいか。この作者にいわせれば、夫の愛人を殺した正妻には、生きながら鬼になった女が味わったと同じような苦しみが当然待っているはずで、それ以外にいうことはないのではないか。「ミナソコ」を罰した「貴布禰」や公卿の本妻をあつち死させた「モロ〳〵ノ社」に類する、あらたかな霊験を語ることも、結局は怪力乱神を語ることになると、この作者には考えられたのではなかったであろうか。

しかし、このような態度は、説話者としてはきわめて不徹底であり、不適格ですらある。怪力乱神を語らねば面白くないのが説話なのである。応報譚にかぎらず、これといっておどろおどろしい往生譚も無いといってよい本書は、『発心集』『沙石集』はもとより、『撰集抄』とも異なった、仏教説話集としてはかなり特異な存在と見なしてよいであろう。説話としての面白さには乏しいといわねばならない。小論の表題とした話や「はつせの観音に月まいりする女の事」（これは霊験譚であるが、それもひどく荒唐無稽なものではない）などは、むしろ例外である。

けれども、

> たれもみなさやうの事はみるぞかし。さすがいはきならねば、みるときはかきくらさるゝ事もあり。いかにいはむや、まのあたりみし人のふかきなさけ、むつまじきすがた、さもとおぼゆるふるまひなどの、たゞうたゝねの夢にてやみぬるは、ことに心もをこりぬべきぞかし。しかはあれど、うかりける心のならひにて、時うつり時《事歟》さりぬれば、こゑたつるまでこそなれども、ゑわらひなども侍べきにこそ。……むかしいかなりけるかばねの、せめてもこの人を道びかんとて、あだしのゝつゆきゑ（マヽ）もはてなでのこりけるや覧

とおぼつかなくあはれ也《なり》。（「あやしのおとこ野はらにてかばねをみて心をゝこす事」）

などという叙述を見ると、『徒然草』の「あだし野の露きゆる時なく」（七段）という表現や、「年月経ても、露忘るゝにはあらねど、去る者は日々に疎しといへることなれば、さはいへど、そのきはばかりは覚えぬにや、よしなしごと言ひてうちも笑ひぬ」（三〇段）などが想起される。中国崇拝思想は、『徒然草』でも、「唐土の人は、これをいみじと思へばこそ、記しとゞめて世にも伝へけめ、これらの人は、語りも伝ふべからず」（一八段）などで見出された。直接的影響関係を想定するのはなお保留したいが、『徒然草』の内に『閑居友』に一脈通ずる物の見方や考え方が認められることは確かである。

そのようなことからも、西尾光一氏の説かれる、説話的発想から随筆的発想へという過程を考える際に、『閑居友』の示唆するところは少なくないと思われる。

〔附記〕　本稿執筆後、土屋尚「鬼女懺悔譚の要因」（『国学院雑誌』第五八巻第五号、昭和三二年九月）が、本稿の表題とした説話から説き起されていることを知った。直接本稿の論旨とかかわることは少ないが、筆者としては教示にあずかる点が多かった。なお、慶政の『比良山古人霊託』など、なお併せ考えるべき点があるが、別の機会に譲りたい。終りに、種々御示教頂いた菊地勇次郎氏・平林盛得氏にお礼申しあげる。

魔界に堕ちた人々
——『比良山古人霊託』とその周辺

一

御室戸僧正隆明・一乗寺僧正増誉の二人は、白河院の代に「明誉一双」と讃えられ、生仏と崇められた験者であった。『宇治拾遺物語』でも、この二人は同じ段章において語られている。それは第七十八話「御室戸僧正事・一乗寺僧正の事」である。

隆明は「居行ひの人」で、草の生い茂った寺の、すすけた明障子の中に籠って、鈴を振っては夜昼勤行した。祈禱を依頼に来た人と対座しても、物をいうこともなかった。

増誉は二度も大峯修行をした人である。その坊には田楽・猿楽の徒がひしめき、物売りがさまざまの物を売りつけに来る。さながら市のような賑わいを呈した。咒師の小院という童を寵愛し、己の余りの愛執を持て余して、ついにしぶるこの童を無理やり出家させてしまった。

さてすぐる程に、春雨打そゝぎて、つれ〴〵なりけるに、僧正、人をよびて、「あの僧の装束はあるか」と問はれければ、此僧「納殿にいまだ候」と申ければ、「取て来《こ》」といはれけり。もてきたりけるを、「是を着よ」といはれければ、兇師小院、「みぐるしう候なん」と、いなみけるを、「唯着よ」と、せめのたまひければ、かた方へ行て、さうぞきて、かぶとして出できたりけり。露むかしにかはらず。僧正、うちみて、かひをつくられけり。(1)

増誉は僧形の小院に、走りの手は覚えているか、と尋ねる。小院が、それは忘れましたが、「かたさらはのてう」は少し覚えておりますといって、ひとくさりその所作をして見せると、増誉は声を放って泣いた。

さて、「こち来よ」と、呼びよせて打なでつゝ、「なにしに出家をさせけん」とて、泣かれければ、小院も、「さればこそ、いましばしと申候ひし物を」といひて、装束ぬがせて、障子の内へ具して入られにけり。其後はいかなる事かありけん、しらず。

増誉の話の、本文を引用したあたりはすぐれていると思う。同じように稚児との愛欲を取り上げた話の一つとして、『古今著聞集』に紫金台寺御室（覚性法親王）と千手・参川の二人の稚児の話がある。清盛と祇王・仏にも似たタイプの話なのだが、ここでは祇王に相当する千手の今様によって、法親王の千手への愛情が蘇り、仏に相当する参川の方が失踪して出家してしまうということになっている。この話で、今様を聞いた時、「御室はたへかねさせ給て、千手をいだかせ給て御寝所に入御ありけり」と記されている。同じように、読者と語られている人物たちとの間を遮蔽物で遮断して、しかもそれと想像させる省筆方法を取っているのだが（演劇でしばしば同様の手段が取られるのは周知のことであろう)、しかし両者の味わいはかなり異なる。「入道自ラ横懐《ヨコダキ》ニ抱テ、帳台ノ内へ入給フ」(『源平盛衰記』巻十七)というほどではないにしても、『著聞集』の叙述は節度に乏しく、かなり露骨である。それに対して、「いかなる事かありけん、しらず」という朧化表現は、そらとぼけているといえばいえるけれども、稚児への愛欲という、なまなましいものを和らげるのに役立っているようだ。一つには、春雨の灑ぐ人少なの僧坊という設定も効果的なのかもしれない。読者が少し想像を働かせて、たとえば、やがて春雨が上って、立てきった障子に薄日がさし、その面のみが白々と見える、というような場面を思い描くと、ここに描かれているのは、もはや有徳の僧の稚児への愛執といったどぎついものではなく、愚かで弱い人間の断ち切れない愛執のかなしさであり、それはまさしく西尾光一氏のいわれるように(2)、作者の「寛容な人間理解の上にたった容認の態度」によって描き出すことが可能であったと知られる。

(1) 『宇治拾遺物語』の引用は日本古典文学大系本による。
(2) 日本古典文学大系『宇治拾遺物語』解説。

二

増誉には、他にも人間的な話が『発心集』や『私聚百因縁集』に残されている。増誉が入滅してその葬儀が行われた日の朝から、壺装束した若く清げな女が、葬儀の場の向う側に佇んでいて、仏事の間終始さめざめと泣いていた。化粧が涙に洗われて剝げ落ちるほどであった。亡き僧正に好ましくない評判でも立っては、と案ずる人もあった。ついに、ある人がそのわけを尋ねると、女は、「私は河原に捨てられていたのを、故僧正に見つけられ、僧正が何某という大童子にお命じになって、養われて人となったものでございます。その後、思いがけない由縁で后の宮のはしたものとなりましたが、片時も僧正のお哀れみの忝なさを忘れたことはございません。甲斐ない女の身でお傍にお仕えして御恩を報ずることができないのを口惜しく存じておりましたが、今まではよそながら拝して慰めておりました。お亡くなりになったと伺っては、生き永らえていられそうもありません」といって、よよと泣いたというのである。

長明は、「カ様ニヲホゾラナル事」を鴻恩として、これをいつまでも忘れない女の心根を称揚しようとしてこの話を語っているのであるが、それは増誉の慈悲に富んだ側面をも物語るものとなっている。

もとより、隆明とともに僧誉が喧伝されたのは、『富家語』(1)に「仰云、世間ヲ御覧ジタルニイミジト思食事ハ、……験者ニハ増誉・隆明」というように、その法験によってであった。郁芳門院媞子に憑いた頼豪の霊にはこの二人とも手を焼いて、遂に叡山の良真に名をなさしめたというが(『愚管抄』巻四)、相撲遠方が相手方に式神を伏せられて生じた腫物を見物桟敷で祈ってたちどころに癒したなどという話(『古事談』第三)は、その験力を物語るものである。

けれども、慶政によれば、この増誉も、かれと一対にされる隆明も、ともに魔界に堕ちねばならなかった。

（1）益田勝実「『富家語』の研究」（『中世文学の世界』所収）での翻刻による。

三

『比良山古人霊託』(1)において、慶政は藤原家盛妻（伊与法眼泰胤女）に憑いた比良山の天狗に、「一乗寺与二御室戸一威勢如何」と問うている。こういう質問が出されるところを見ると、二人の高僧が天狗となっていることは、慶政にとっては明瞭だったのである。それに対する天狗の答は、

御室戸僧正ハ御脱シテヤラン不レ被レ見也。一乗寺僧正ハ当時第二ノ威徳人也。

というのであった。この天狗のいうところによれば、「憍慢ノ心、執着ノ心深ノ者」が天狗道に来るというのであるが、稚児小院への愛執を断ち切れなかった増誉は、確かに天狗道に赴く資格を十分に備えているのであろう。

慶政の問に対する比良山の古人の答によって、延応元年（一二三九）当時の天狗の世界を概観すると、後白河院・崇徳院ともこの道に入っているが、威勢は後白河院の方がはるかに強い。叡山の中興慈恵僧正（良源）は得脱したらしく、近頃は見えない。現在第一に威徳を振っているのは観音

寺僧正余慶である。そして、前述の増誉が第二位を占めるということになる。また、近頃は吉水大僧正慈円が勢力を持ってきた。九条兼実も松殿基房の子大僧正承円も近衛基通もこの道に入っている。兼実は他人に怖れられ、基通はそれほどでもない。かれらは愛宕山に住んでいる。藻壁門院竴子も基房の子十楽院僧正仁慶に連れられて来ている。——ざっと知られるのは、以上のような人々の死後の消息である。

興味深いのは、ここに挙げられた魔界の住人の多くが、説話や軍記の世界での人気者であるということだ。威徳第一の余慶(2)は、空也の曲った臂を祈って伸ばし(『打聞集』・『宇治拾遺物語』)、人妻と密通すると誹謗した藤原文範を加持して悶絶させ、名簿を呈出せしめた(『古事談』・『十訓抄』)。得脱したというが、かつてはここにいたはずの慈恵僧正の経験を物語る話は甚だ多い。崇徳院・後白河院・近衛基通らが軍記に欠かせない人物たちであることは、改めていうを要しないであろう。特に、崇徳院が魔界に入ったことは『愚管抄』に暗示され、『太平記』巻二十七には詳述されているし、後白河院は住吉明神と天狗問答をしたという(『源平盛衰記』巻八)。天狗となる必然性は十分にある。

これらの人々とともに、九条家の人々、兼実・慈円や九条道家の子竴子や洞院摂政教実をも魔界に落してしまった。さらに、法然は無間地獄に堕ち、卿二品(藤原兼子)もそのあたりに堕ちたらしいことが暗示される一方で、明恵が都率天の内院に生まれたと語られている。

以上はすべて比良山の天狗の霊託ではあるけれども、そこに筆録者慶政の意識の反映を認めないわけにはゆかない。とすると、その思考方向と慶政作説はほとんど動かないと思われる『閑居友』に見られる思想とは、どのようにかかわりあうのであろうか。そしてまた、それは説話時代といわれる中世初期においてどのような意味を有するのであろうか。

(1) 永井義憲・筑土曙生共編『閑居友付、比良山古人霊託』(古典文庫)による。
(2) 余慶に関する説話については、宮田尚「余慶譚をめぐる——宇治大納言物語への覚え書き——」(『文芸と批評』第二巻第一号、昭和四一年七月)に詳しい。

四

『閑居友』で作者が敬慕してやまないのは真如親王や玄賓・空也等であるが、如幻・善珠・清海・覚弁等も、尊敬と好意をもって語られている。ところで、かれらの敬慕される理由は、その信仰心の深さそのもののゆえであって、その法験のゆえではない。

たとえば、上巻第一話「真如親王天竺にわたりたまふ事」(1)では、「つかれたるすがたしたる人」が親王の大柑子を乞い、そのうち小さいのを選んで与えた親王を「心ちいさし」と叱って「かきけちうせ」たという奇異が語られてはいるが、親王は結局虎害に遭って命を落した。その際には、何ら奇瑞は語られていない。同第二話「玄賓僧都門《(マヽ)》おさして善珠僧正おい《(マヽ)》れぬ事」で、善珠は都率天の内院に生まれ変ったというが、かれの住んだ僧房の壁が「ちかごろまで」香ばしかったのは、かれがすばらしい名香を買って湯に湧かし、僧房の壁を洗って後に往生したからで、合理的に説明できることである。同第五話「清海上人の発心の事」での清海が、四種三昧を行い、観念の功積って、香煙の中に現われた化仏を「すゐの代の人にえんむすばせんとて、ひとつとりとゞめ」たというのは霊験の話であるが、それは他の説話集に語られているような、俗人の耳目を驚かすといった性質のものではない。また、同第十話「覚弁法師涅槃経ときて高座にておはる事」に語られている話も、奇瑞には違いないが、非現実的な大仰なものではない。空也についても、同第四話「空也上人あなものさはがしやとわびたまふ事」の終りに、「またこの空也上人の事、伝には延喜御門の御子ともいひ、また水のながれよりいでき給へる化人也とも侍めり」と付加している程度で、そのこと自体を大きく押し出して語ろうとはしない。作者が語りたいのは、市中に観念する「そのふるまひ」であって、出自や出生ではない。

ただ、下巻第五話「はつせの観音に月まいりする女の事」は『沙石集』にも見える話で、純然たる霊験談であるけれども、しかしこれとてもわらしべ長者の話のような荒唐無稽さは無いのである。このように、本書は仏教説話集としては霊験を説くことが少ない。

本書の作者にとって、高僧である条件は、出自の尊貴や僧綱の高さでないことはいうまでもないが、学識の深さや祈禱の験力の強さでもなかった。まず何よりも不退転の信仰心をもつこと、そしてその信仰心をひけらかさないこと、すなわち隠徳が要請された。玄賓が善珠を諫めた話を述べた後に、作者はいう。

止観のなかには、徳をつゝめ、きずをあらはし、狂をあげ、実お(マヽ)かくせといひ、また、もしあとをのがれんに、のがるゝ事あたはずは、まさに一挙万里にして絶域他方にすべし、といへり。

そして、玄賓の行為を讃えて、

もろこしの釈恵叡の、とくをかくしわびて、八千里お(マヽ)へだてたる国にゆきて、あやしのものゝもとに、僧のかたちともみえずなりて、ひつじをかひて世をわたりておはしけるは、みるめもさらにかきくらされて侍ぞかし。いまこの玄賓の君のあとをみるに、あるときはつぶねとなりて、人にしたがひてむまをかひ、或ときはわたしぶねにみなれざほさして、月日をゝくるはかりごとにせられけん事、ことにしのびがたくも侍かな。

とも述べている。隠徳は他人のための無償の奉仕をも意味するのであった。真如親王をたしなめた化人の語を借りれば、それが「菩薩の行」なのである。

作者の考えは実践的である。そして、禁欲的であり、僧侶に対してはリゴリスティックですらある。それは浄土門の主張とは相容れないものをもっている。

しかし、この作者の考えに非常に近い思想を持った法語がある。慶政が尊信してやまない明恵の語を、その弟子高信が聞書したという『明恵上人遺訓』（『阿留辺幾夜宇和』）がそれである。

（1）　第三節注（1）に同じく古典文庫本による。ただし、句読は若干省略し、清濁は私意によった。

五

『明恵上人遺訓』(1)は、同時代人の名利を貪ることを難じて、つぎのようにいう。

上古仏法ヲ愛楽シケン人《ノ》心《ハ》、此《ノ》比名利《ニ》貪スル人《ノ》如《ク》コソアリケメト覚ルト云事、予多年云事ニテ有《ニ》、是《ニ》少《モ》違ヌ文、阿含経《ニ》有ケリ。　（一ウ）

末代《ノ》習ハ、適《タマ〳〵ノ》所レ学法ヲ以テハ、名利ヲ荘《カザリ》テ法《ノ》本意ヲ得ズ。故《ニ》法印タル、二空《ノ》道理ヲバ捨テ目ヲ見セズ。若近代《ノ》学生《ノ》云《フ》様ナルガ実ノ仏法ナラバ、諸道《ノ》中ニ悪キ者ハ仏法ニテゾ有ン。只思《ニ》、心得ザル人ヲ友トシテハ何《ノ》所詮カアラン。愁歎スルニ堪タリ。　（三ウ）

亡者ノ為ニ懇ナル作善ヲナセ共、或ハ名聞利養有所得ニ心移テ、不信ノ施ヲスレバ、功徳ナクシテ只労シテ功ナシ。法師モ又、戒ガ欠テ三業収ラヌ様ニテ、ヨキ物食ヒ布施トラムトスル事大切ナル様ニ覚ヘテ、真信ナラヌ心《ニ》経ヲ読、陀羅尼ヲ満テタレバ、亡者ノ資《タスケ》トハナラヌノミニ非ズ、此信施ノ罪ニ依テ、面々悪道ニ堕ベシ。共《ニ》無益ニ浅猿《アサマシ》キ末世ノ作法也。　（六オ）

適仏法《ニ》入テ習フ所ノ法モ、出離ノ要道トハシナサデ、官位ナラントスル程ノ、纔《ニ》浅猿キ事ニシ成ントスル程ニ、結句ソレマデモ励ミ出サデ、病付テ何トモ無ゲニ成テ死ル也。　（一三オ）

では、明恵自身はどうかというと、かれは、

吾《ハ》人《ニ》追従スルナンド申サレンハ、今《ハ》苦シカラズ。心《ニ》全ク名聞利養《ノ》望ナシ。又仏像経巻ヲ勧進シテトラセント申事ダニモナシ。　（一ウ・二オ）

と言い切る。

学問については、近代の学問が功利的な目的でなされていることを、

末代ノ浅猿《アサマシ》サハ、如説修行ハ次ニ成テ、ヨキ定一部ノ文字ヲ読終テハ、又異文ヲノミ読タガリテ、只読積《ツモル》計ヲ事トシテ、物ノ用ニ立テ、如説修行ノ心ナシ。戯論《ケロン》妄想ノ方ニハ心引レテ、実シキ事ハ物クサゲナリ。（七オ）

と批判し、その弊害を、

上古ハ智者ノ辺ノ愚者ハ皆益ヲ蒙キ。近来ハユ、シゲナル人ノアタリナル愚者ハ、還テ学生智恵ノ為ニ迷《マド》ハカサレテ弥法理ニ背ケリ。（六ウ）

と難じ、

多ク不ハレ知、非学生トコソ云レンズレドモ、其ハ苦シカラズ。カイナメクリテケギタナキ心不レ可レ有。（一ウ）

と教える。これは当然学識を誇る憍慢への次のような戒めともなる。

人常ニ云ク、物ヲヨク知レバ憍慢起ルト云事不二心得一。物ヲ能知レバ憍慢コソ起ラネ、憍慢ノ起ンハ能知ヌニコソト云々。（三オ）

憍慢ト云物ハ鼠ノ如シ。瑜伽壇ノ砌リノ諸家ノ学窓ニモクヾリ入ル物ナリ。我常ニ是ヲ両様ニ申ス。自ラ知ズシテ、他ノ能知レランニ慢ジテ、不レ問不レ学、大ナル損也。又我ヨリ劣リタラン者ニ向テ憍慢シテ、詰臥《ツメフセ》テ、又何ノ益カアラン。旁《カタ〲》無益ナリ。ヲロ能モアリ、品モ定マル程ヨリ、ハヤ皆憍慢ハ起ルナリ。

祈禱については、ひどく消極的である。

人《ハ》我《ノ》祈為トテ経陀羅尼《ノ》一巻ヲモ読ズ、焼香礼拝《ノ》一度ヲモセズトモ、心身正クシテ、有べキ様ニダニ振舞ハヾ、一切《ノ》諸天善神モ是ヲ護《マボ》リ給ヘリ。願モ自ラ叶ヒ、望モタヤスク遂ルナリ。六(マヽ)惜クコセメカンヨリモ、何モセズシテ只正《ク》シテゾ在べキ。　(一三ウ)

すなわち、心構えや態度こそが重要だというのである。明恵は験者の存在を認めないわけではないが(「仏法者《ト》云ハ、先心《ガ》無染無著ニシテ、其上ニ物知タルハ学生、験アレバ験者・真言師トモ云也」(二オ・ウ)といっている)、

高僧等《ノ》神異ハ不可思議ニテ、サテ置ツ。中〳〵志シワリナキハ、神通モナキ人々ノ、命ヲ捨テ、生ヲ軽クシテ天竺ニワタリ、サマ〴〵仏法ヲ修行シタル、殊《ニ》哀レニ羨シク覚ユルナリ。　(六ウ)

と、いずれかといえばやはり法験よりは精神を高く評価しようとしている。右の件りは、先述の真如親王の事蹟などを念頭に置いているのではないかと思われるが、はっきりと「神通モナキ人々」といっていることは、神通が必ずしも修行者の評価の尺度とはならないことを暗示するものとして、注目される。

実践的方面においてはどうであろうか。かれが「菩薩の因位の万行」を重視したことは、田中久夫氏の指摘されるところであるが(2)、『遺訓』においても、

我人《ハ》ヲ仏ニナサントコソ思ヘ、人ヲ邪路ニ導カントスル事ハナシ。　(一〇オ)

といい、さらに具体的に、

聊《イサヽカ》ノ流ニ少キノ木一ヲモ打渡シテ、人ノ寒苦ヲ資クル行ヲモ成シ、又聊ナレ共、人ノ為ニ情ケ情ケシク当ルガ、軈《ヤガ》テ無上菩提マデモ貫キテ至《ル》也。加様《ノ》事ハ、誰々モイト何ト無キ様ニ思ヘリ。是則《ガ》菩薩ノ布施・愛語・利行・同事ノ四摂法行ト云テ、菩薩ノ諸位ニ遍シテ、初後ノ位ニ通《ツウジタ》ル行ニテ有也ト云々。（一七ウ）

と説く。

以上述べたごとき出家者の心構えから、

凡仏道修行ニハ何ノ具足モ入《ヌ》也。松風ニ睡ヲ覚シ、朗月ヲ友トシテ、究《メ》来リ究《メ》去ヨリ外ノ事ナシ。又独リ場内床下ニ心ヲ澄サバ、何《イカ》ナル友カイラン。（一八オ）

と、究極は「寂静ヲ欣《ネガヒ》テ空閑《クウゲン》ニアル事」を理想とする考え、さてはまた天竺を「国」、本朝を大「辺夷」とする考えに至るまで、『明恵上人遺訓』に説くところと『閑居友』に語られている理想的な出家者の生活と意見とは、きわめて似通っているのである。

（1）引用は板本『明恵上人伝記下』の付録により、丁数・表裏の別を示した。ただし句読・清濁は私意により、ルビも一部のほかは省略した。
（2）田中久夫『明恵』（人物叢書）。

六

以上見てきたような、『明恵上人遺訓』と『閑居友』とに共通する物の考え方を背景として、『比良山古人霊託』での魔界についての叙述を読むと、かなり納得がいくように思われる。

魔界に堕された高僧や貴顕は、たとえ徳行があったとしても、それは隠徳ではありえなかった。特に、帝の護持僧などの場合、その験力は必ずしも万人のために発揮されたとはいい難かった。一人のための祈禱、造仏造寺があまりにも多かった。白河院が法勝寺を建てて、禅林寺の永観律師に「イカホドノ功徳ナラン」と尋ねたところ、永観はしばらく黙っていて、ややあって、「罪ニハヨモ候ハジ」と答えたという話（『続古事談』第一）は、帝王の造仏造寺に対するかなり痛烈な皮肉となりおおせている。（しかも、異本『発心集』によれば、この永観は「信施ヲ受ケバ国王ノ信施ヲ受クベシ」という聖教の文句に従って、この法勝寺の供僧を望み、なされたという。前の答えとこの行為とを結びつけて考えれば、永観は白河院の功利主義的な信施を真に信仰的なものに転化しようとしたのだとも解される。）

しかし明恵は次のように極言する。

心ヅカヒハ物触ニテ誑惑《ワウワク》ガマシク、欲深ク、身ノ振舞ハイツトナク物荒ク、不当ニ放逸ニテハ、証果ノ羅漢僧ニ誂テ、百万ノ経巻ヲ読シメ、千億ノ仏像ヲ造テ祈ル共、口穢テ経読者ノ罰アタルガ如シ。心穢テ祈スル者ヘ、弥ヨ悪キ方ニハ成リ行ク共、所願ノ成就スル事ハフツト有マジキナリ。其ヲ愚ナル者、心ヲバ直サズシテ、已レガ恣マヽノ欲心ニ計纏《マツハ》サレテ、祈ラバ何ニカ叶ハザラント、猥リニ憑ヲ懸テ、愚癡ナル欲心深キ法師請取テ、心神ヲ悩シ骨髄ヲ摧テ、祈リ叶ヘヌ物故ニ、地獄ノ業ヲ作リ出スコソ、ゲニ哀ニ覚ユレト云々。（二ウ）

このように説く明恵は、『比良山古人霊託』において、「法然房ハ生ニ何所ニ哉」との慶政の問に対して、天狗が「堕ニ無間地獄一也」と答えているのを肯定するに違いない。

また、学識のある明匠は、自らの学識を恃んで、それを誇示する行為が少なくなかったであろう。明恵が、

仏法《ニ》入ト云ハ、実ニ別《ノ》亊也。仏法《ニ》能達《ク》シタリト覚シキ人ハ、弥《ヨ》仏法ウトクノミ成ナリ。　（五ウ）

という所以である。

これらはすべて、明恵や慶政の善しとしないところであった。高僧貴人が天狗道に苦しむ理由は十分あったのである。

とりわけ、「その坊は一二町ばかりよりひしめきて、田楽・猿楽などひしめき、随身、衛府のをのこ共など、出入ひしめく」といった環境にいて咒師小院を愛した増誉、古代中世の芸能史上に一つの資料を提供している増誉[1]は、明恵らにとっては苦々しいかぎりであったろう。『明恵上人遺訓』には、「ケギタナキ心」をもつ僧は、「頭ヲ丸《マロ》メタリト云計ニテ、人身ヲ失ハヌマデモ有ガタシ。スキ法師ナド云田楽法師《ニ》何ゾ異ナラン」と、「田楽法師」をおとしめていい（一ウ）、さらに、

昔《ハ》我実相《ノ》理ヲ証シテハ、弟子ヲシテ又此理ヲ授ク。末代《ハ》証理《ノ》智無ケレバ、世間《ノ》面ヲ荘テ、俗境《ニ》近付ヲ先トシテ、剰ヘ寺《ノ》興隆仏法トテハ、田楽猿楽《ノ》装束《ニ》心ヲ費シテ一生ヲ暮スノミナリト云云。或寺ヨリ田楽《ノ》頭《トウニ》当リタルトテ、サル学生奔走スル由、人《ノ》語リ申ケル次デニ仰ラル丶ナリ。　（五オ・ウ）

とも述べている。俗境から遠く離れた、かの樹上坐禅像のような寂静境こそは、かれらの理想であ

った。

（1）　林屋辰三郎『中世芸能史の研究』参照。

七

名聞利養を放下した捨て聖の生活を至上のものとする考えにおいて、明恵や『閑居友』の作者に近い思想的立場の人はほかにもいた。すなわち、『発心集』の作者長明である。それは、すでに藤原正義氏[1]によって指摘されているように、玄賓・空也・増賀・平等供奉といった聖たちへのかれの関心の強さによって確かめることができる。実は、『古事談』の編者源顕兼でさえも、それ以前の編者たちに比べれば、玄賓や空也にかなり関心を抱いた人であった。しかし、玄賓らをクローズアップしたのはやはり『発心集』であるといってよい。

そのほか、平安末から鎌倉初、中期にかけて、これら聖が貴族たちの関心の的となりだしたらしいことを傍証するものとしては、『千載集』・『新勅撰集』・『続古今集』・『玉葉集』等における、これら聖の作品と伝えられる歌がある。真如親王の作と伝えられる、

いふならくならくのそこに入りぬればせちりも修陀もかはらざりけり

の歌などは、それ自体は早く『俊頼髄脳』に見えるものであるが、中世に入ると口ぐせのように引用されることが多い。それも、けっして単なる習慣的な口ぐせとのみは言い切れないであろう。

このように、貴族の世界に背を向け、市井や山林に韜晦した聖たちの話が、(かれら自身はとうの昔の人々であるにもかかわらず)古代末から中世初頭にかけて、貴族社会の裡に身を置く者や貴族社会から離脱した者たちの心を捉えたという事実は、すでに益田勝実氏(2)も指摘されたように、大いに注目されるべき事柄である。いかにも素朴な考えながら、それはとりも直さず、中世初頭の人々がそのような聖たちに僧侶の理想型を見出そうとしたからだと解せざるをえない。裏返せば、それだけかれらが接することの多かった貴族仏教、鎮護国家を標榜する仏教に、かれらはあきたらなかったということを意味するであろう。

一切の名利を擲って浄行に励み、橋を架し、舟で渡して、貴顕よりもむしろ名も無い人々を済度することが、僧侶のあるべき姿として切実に求められてきた時期、それがこの古代から中世へかけての転換期であった。そのような時期に生きた知識人として、長明は『発心集』に鑽仰する聖たちを描き、慶政もそれを受けて『閑居友』を著わしたのであろう。

けれども、この二つの作品は、やはり同質ではない。国家に対する意識、神明に対する観念などの相違については前に述べたから(本書、一三〇ページ)、ここには繰り返さない。一口にいえば、あるべき姿の僧侶を求める側と、自らあるべき姿の僧侶たらんとする側との違いであろう。同じように聖たちの行動を述べ、それに感想を添えても、『発心集』には傍観者的な口吻が残る。『閑居友』においても、もとより自らが聖たちにはるかに及ばないことを歎く言葉は挿まれるが、その自己を顧る姿勢には、説話の語り手としての傍観者的なものはない。

自らあるべき姿の僧侶たらんとわが身を顧る『閑居友』の作者には、厳しい、強固な精神が認められる。それが慶政をして敢えて渡宋に踏み切らせたのであろうし、それはまた、

我ハ武士ノ家ニ生ヲ受タレバ、武士ニバシ成リタラマシカバ、纔ノ此世ノ一旦ノ恥見ジトテ、トクニ死スベキゾカシ。仏法ニ入タランカラニ、ケギタナキ心アラジ、仏法ノ中ニテ又大強者《カウノ》ニナラザランヤト思キ。

（一二ウ・一三オ）

という明恵の強さにも通ずるであろう。長明はこのような強さには乏しいのではないであろうか。かれにおいては、聖の生活はなお趣味的なものを残しているのではないだろうか。

長明はしばしば数寄を説き、それが邪念を容れる余地のない境地にまで進むことから、その信仰との一致を説く。明恵も、

昔ヨリ人ヲ見ニ、心ノスキモセズ、恥ナゲニフタ心ナル程ノ者ノ、仏法者ニ成タルコソツヤ／＼ナケレ。……頌詩ヲ作リ、歌連謌ニ携ル事ハ、強チ《アナガ》仏法ニテハ無ケレ共、加様ノ事ニモ心数寄タル人ガ、軈テ仏法ニモスキテ、智恵モアリ、ヤサシキ心使ヒモケダカキナリ。

（一四オ・ウ）

といい、自身『明恵上人歌集』の著者でもある。『閑居友』の作者が『方丈記』の著者に劣らぬ自然の忠実な観察者であり、熱烈な愛好者であったことは、

かゝるかずにもあらぬうき身にも、松風おと（マヽ）もとさだめ、白雲をなれゆくものとして、あるときは青嵐《ラン》ノ夜、すさましき月の色をながめ、あるときは長松のあかつき、さびたるさるのこゑをきく。あるときはと

ふかとすればすぎて行むらしぐれをまどにきゝ、ある時はなるゝまゝにあれてゆくたかねのあらしをともとして、まどのまへになみだをゝさへ、ゆかのうへにおもひをさだめて侍は、なにとなく心もすみわたり侍れば、それをこのよのたのしみにて侍なり。（下巻、跋文相当部分）

という美文的な述懐によっても明らかであろう。けれども、『方丈記』の著者は、最後の自問に明快な自答をなしえなかった。しかし、『閑居友』においては、自家撞着は無い。前引の部分は、次のように続けられている。

たとひ、のちのよおお《（マヽ）》もはずとも、たゞこのよ一の心をあそばせて侍らんもあしからじものを。うみのほとりにゐて、よりくるなみに心をあらひ、たにのふかきにかくれて、みねの松かぜにおもひをすまさむ事、のちのよのためとはおもはずとも、すみわたりてきこゆべきにや。いはむや、思ひをま事のみちにかけて、にごれる人〳〵をとをざかり、心おう《（マヽ）》き世中にとゞめずして、よのちりにけがされじとすまはんは、などてかはあしく侍べき。

畢竟、長明の数寄は死後の余執ともなりかねないものを含んでいたのではないか。それは、明恵の排する「能」に連なるものだったのではないだろうか。

以上のような点から、『閑居友』や『明恵上人遺訓』に比するとき、『発心集』はなお中世の時代精神に踏み込んでいないものがあると考える。それが、既成仏教への弾劾書ともいうべき『比良山古人霊託』の作者には、長明は到底なりえなかった所以でもあろうか。いな、比喩的な言い方を敢えてすれば、かれ自身木の葉天狗くらいにはなりかねない体質をもっていたのである。

（1）藤原正義「長明論覚え書——発心集をめぐって——」（『日本文学』昭和三五年四月）。
（2）益田勝実「偽悪の伝統」（『火山列島の思想』所収）。

八

明恵の強固な意志を反映したその片言隻語には、硬質な美しさがある。あるいは巧むことのないその和歌も、風流の魔心に蕩かされている慈円の絵空事よりも美しいかもしれない。『閑居友』で語られている、山中で弟子たちに囲まれながら口ぐせのように「あなものさはがしや」といっていた空也が、市中に乞食となっているのを弟子に見出されたとき答えたという長い言葉——それは、結局「観念たよりあり。心しづか也。いみじかりける所也」に要約されるが——も、木目の洗い出された仏像のような美しさである。

しかしながら、それぞれの階級から離脱せぬかぎり、貴族も武士も「ものさはがし」い思いに奔走せねばならない現実に対しては、これらの美しさは働きかけてくれようとはしない。そこに、「ものさはがし」い思いに身を置きながらも安らぎをえたい人々のために、「夫麁言軟語ミナ第一義ニ帰シ、治生産業シカシナガラ実相ニ背ズ」と謳って、妻に執着して臨終を妨げられた上人の話などを多く録した『沙石集』の編まれる理由があった。

それにしても、それらの話が同じように僧侶の愛欲を取り上げているにもかかわらず、最初に掲げた『宇治拾遺物語』の増誉の話に見出されたような、人間に対する暖かいまなざしをもはや失ってしまっているのはどういうわけであろうか。それは『閑居友』のような厳しい世界を経過する過程において失われてしまったのであろうか。それとも、それは中世という時代社会一般のもつ粗大さに帰せられるのであろうか。

『徒然草』の文体

一

兼好は、

筆を執れば物書かれ、楽器を取れば音をたてんと思ふ。（一五七段）

という。かれは、一旦筆を取り上げれば思想が泉のごとく湧き出て、あとは筆の赴くに任せればよい、幸福な文筆家であったのであろうか。『徒然草』の行文は滞るということを知らない。

そのことは、渋りがちな筆にいつもいらだちを感じているわれわれ、自身の貧困な思想をすら十分には表現しえないわれわれを羨望させ、いらだたせるに十分である。そしてまた、その羨望や焦燥は、往々にして反撥に転じかねない。「擦れっ枯らし坊主のでたらめだ」(1)というのは、必ずしも反撥としていわれたのではないらしいが、若い読者の場合、その反撥は、たとえば次のような形で示されるであろう――この聞いたふうなことをいう隠者は、果してどの程度、自らの言葉を自らの問題として、その重みを受けとめた上でいっているのか。少なくとも、私などは、以前はそのような感じを抱かないでもなかった。しかし、今ではそうは思っていない。

兼好が明敏な頭脳の持ち主だったことは確かである。けれども、かれはその明敏さに酔ってなどはいない。常に醒めている。明敏な頭脳は、かれに常に考えることを命じた。そして、どうやらかれにとっては、筆を運ばせることがすなわち考えることだったのではないかと思われるふしがある。

まず、下巻の最初の段、一三七段を見よう。この段は、古来注釈家を悩ましてきた段であるという。注釈家たちは、あるいは九節に、あるいは七節、六節、三節乃至は二節にと、段落を分って論じてきた。

最初に、「花はさかりに、月はくまなきをのみ見るものかは」と説き起し、雨夜に月を思い、未開の花、落花、見ぬ花などの風情あることを述べる。次に、「万の事も始終こそをかしけれ」と、自然の情趣についての論から情趣一般の論に転じ、さらにこれを恋の情緒に絞って、成就せぬ恋、過ぎし日の恋の情緒を讃える。そしてまた、月の情緒に立ち帰って、満月よりも有明の月をよしとする。ここで、以上述べてきたことを、「すべて、月・花をば、さのみ目にて見るものかは」としめくくり、心裡に花月を思い描く情緒のすばらしさを賞揚することによって、冒頭と照応しつつ、「よき人」と「片田舎の人」との物の観賞のし方の違いについての叙述へと移ってゆく。片田舎の人の祭の見方というところから、「何となく葵かけわたしてなまめかしきに……」と、自身の祭の見方に言い及び、「かの桟敷の前をここら行き交ふ人の、見知れるがあまたあるにて知りぬ、世の人数もさのみは多からぬにこそ」というあたりから、無常の認識へと進んでゆき、「しづかなる山の奥、無常のかたき競ひ来らざらんや。その死にのぞめる事、軍の陣に進めるに同じ」と結ぶ。

これは、当初からこのように構想されていた文の運びではあるまい。「花はさかりに、月はくまなきをのみ見るものかは」という一文が、「雨にむかひて月をこひ……」という文を呼び出し、それが「咲きぬべきほどの梢……」の文を誘いという具合に、次々に文を喚起していったのであろう。「さまざまな情趣のあり方を書き立て、その見方・味わい方を述べて来た中に潜在していた、兼好の無常思想が、賀茂祭の見物人のありさまを叙することに触発されて現われ来ったもの」という、安良岡康作氏の指摘(2)は正しい。これなど、書きながら考えてゆく、書くことが考えることを意味している好例だと思うのである。とすると、このような段においては、主題として要約するよりも、連歌の付合いにも似た文の展開を辿ること、兼好の考えに沿って考えることこそが必要なのではないだろうか。

（1） 西尾実「つれづれ草研究について」(『国文学』昭和四二年一〇月）に引く、五十嵐力氏の言。
（2） 安良岡康作『徒然草全注釈』。以下、氏の論はすべて同書による。

二

『徒然草』には、このような文の運びがしばしば見出される。

たとえば、第三八段では、「名利に使はれて、閑かなる暇なく、一生を苦しむるこそ、愚なれ」と説き起して、財産に執着することを否定し、「利にまどふは、すぐれて愚かなる人なり」とする。そして、それに対して、「埋もれぬ名を長き世に残さんこそ、あらまほしかるべけれ」と言って、それに比べれば、「偏に高きつかさ・位を望むも、次に愚かなり」と、世間的な地位への望みを否定する。しかも、否定はこれで終らない。「智恵と心とこそ、世にすぐれたる誉も残さまほしきを、つら〱思へば、誉を愛するは、人の聞をよろこぶなり」と、名＝誉れを残すことに対しても懐疑を表明し、ついには、「身の後の名、残りてさらに益なし。これを願ふも、次に愚かなり」と、これも否定してしまう。そして、「いかなるをか智といふべき」「いかなるをか善といふ」という問題を提起し、「迷ひの心をもちて名利の要を求むるに、かくのごとし。万事は皆非なり。言ふにたらず、願ふにたらず」と結ぶ。次々に問題を提示してはこれを否定してゆく。そして最後に正しい認識に到達しているのである。

第一四二段でも、「心なしと見ゆる者も、よき一言いふものなり」として、「ある荒夷の恐しげなる」の「よき一言（＝慈悲を解する言葉）」を紹介し、「世をすてたる人の、万にするすみなるが、なべてほだし多かる人の、万にへつらひ、望ふかきを見て、無下に思ひくたすは僻事なり」と、恩愛の悲しさを弁護し、「されば、盗人を縛め、僻事をのみ罪せんよりは、世の人の饑ゑず、寒からぬやうに、世をば行はまほしきなり」と、政治のあるべき姿に論を及ぼし、その実践を説く。安良岡康作氏が、「始めは、人情の問題を論じながら、その人情のために起こる『僻事』の問題を追求し、それを消滅させるためには、政治による経済生活の確立が急務であることを主張するに至っている」といわれるごとくである。ここでも、「心なしと見ゆる者」の発した「よき一言」への驚きから、その意味するところを考え深めてゆくうちに、政治の問題に突き当ったのである。書いているうちに、すなわち考えてくるうちに、かれ自身初めはさほど自覚していなかった、しかし本質的な問題が、次第に明確になってきているのである。

三

ところで、第一四二段において、考えを深める際に、「世をすてたる人の……無下に思ひくたすは僻事なり」といい、「その人の心に成りて思へば、誠に、悲しからん親のため、妻子のためには、恥をも忘れ、盗みもしつべき事なり」と述べているのは注目される。兼好自身は、もとより「世をすてたる人の、万にするすみなる」に近いであろう。その自らに近い立場だけで「なべてほだし多かる人」の行為を判断することを「僻事なり」といい、相手の立場になって考えようとするところに、兼好の囚われない自由さがある。それは自己の狭い立場に執することを否定したことによって得られた精神の自由さである。それは、第一四一段で、吾妻人の堯蓮上人が自己否定の結果得た都人観が、上人の柔軟な精神を物語っているのと同じである。

このように、かれの精神構造のしなやかさは、視点の多様さに由来すると思われるが、それは文体の上では、「さりとて」「さはいへど」「たゞし」など、接続の言葉の使用という形をとって現われる場合が多い。

たとえば、第三段では、「万にいみじくとも、色このまざらん男はいとさうぐしく、玉の卮の当なきこゝちぞすべき」と論じ、恋にやつれる男の姿を「をかしけれ」と述べる。そして、「さりとて、ひたすらたはれたる方にはあらで、女にたやすからず思はれんこそ、あらまほしかるべきわざなれ」と転じて結ぶ。

第八段にしても、「世の人の心まどはす事、色欲にはしかず。人の心は愚かなるものかな」と冒頭で述べているので、直ちに色欲の否定へと展開するのかと思うと、そうではない。匂いが官能を擽る働きを持っていることを指摘し、久米の仙人の堕落を、「誠に、手足・はだへなどのきよらに肥えあぶらづきたらんは、外の色ならねば、さもあらんかし」と、いともあっさりと肯定する。ここについて、安良岡康作氏は、「終わりの『さもあらんかし』の句も、結局は、『人の心は愚かなるものかな』という主題の展開として、人間の愚かさを嘆いた叙述として受け入れるべきものと思う。けっして、『さも覚えぬべし（第五段）』のごとき、心の底からの同感・同情の表白ではない」といわれるが、いかがであろうか。私にはやはり、愚かと知りながら生身の持つ魅力を素直に認めているように思われるのである。

この段はこれで終っているが、気分としては、「女は髪のめでたからんこそ、人の目たつべかめれ」と筆を起す第九段に連続していることは明らかである。この第九段では、女がいかに「色を思ふ」存在であるかを具体的に述べ、「まことに、愛著の道、その根ふかく、源とほし」という箇所で、色欲の惑いの止めがたさを一般論として述べる。ここで、第八段の書出しを再確認した形となっている。しかし、これで色欲論は完結しない。「されば……」以下、その色欲の惑いの深さを、動物を例に取って語り、「みづからいましめて、恐るべく慎しむべきは、この惑ひなり」と結ぶ。結局は、やはり色欲の否定に帰着するのであるが、そこまでの論理の筋通は、短絡したものではない。さりとて、紆余曲折の末という感じはさらにない。匂いは心ときめきするものだとか、肌の色は人を惑わせるものだとか、女のみごとな髪は人目を惹くものだとか、さまざまの観点を導入し、それらをいちいち肯定した上で論を進めてゆく。そして、結局は一つの妥当な認識へと到達するのである。三木紀人氏が、「目配りの利いた彼の精神は、直線的な論理や整合的な思考とは無縁であった。有名な、本書の矛盾は、作者の誠実さのあらわれなのである」と述べている(1)のが思い合わされる。この、時として不整合な思考過程、論理の屈折を示すものとして、前述のように、「さりとて」(三段)とか「まことに」「されば」(九段)「すべて」(一〇七段・一二八段・一三七段)「たゞし」(三八段・一二三段)「さはいへど」(一七五段)などといった言葉が、蝶番のように文と文とを繋いでいるのである。

(1) 三木紀人「南北朝と文学——随筆—徒然草をめぐって—」(『解釈と鑑賞』昭和四四年三月)。

四

最近の超高層建築は、柔構造のゆえにかえって強靱なのだそうだが、『徒然草』における論の運びを見ると、まったく同じような感じを深くする。この、至るところ蝶番で留めたような文体の有する説得性は、したたかなまでに強力である。そのしたたかさは、玉を延べたような『方丈記』には見出されないものである。試みに、『方丈記』で閑居の気味を述べている件りと、『徒然草』の第五八段とを比べてみよう。

衣食ノタグヒ、又ヲナジ。フヂノ衣、アサノフスマ、ウルニシタガヒテハダヘヲカクシ、野辺ノヲハギ、ミネノコノミ、ワヅカニ命ヲツグバカリナリ。人ニマジハラザレバ、スガタヲハヅルクヰモナシ。カテトモシケレバ、ヲロソカナル報ヲアマクス。惣テ、カヤウノタノシミ、トメル人ニタイシテイフニハアラズ。只、ワガ身ヒトツニトリテ、ムカシ今トヲナゾラフルバカリナリ。（『方丈記』）

そのうつは物、昔の人に及ばず、山林に入りても、餓を助け、嵐を防ぐよすがなくてはあられぬわざなれば、おのづから世を貪るに似たる事も、たよりにふれればなどかなからん。さればとて、「背けるかひなし。さばかりならば、なじかは捨てし」などいはんは、無下の事なり。さすがに一度道に入りて世を厭はん人、たとひ望ありとも、勢ある人の貪欲多きに似るべからず。紙の衾、麻の衣、一鉢のまうけ、藜のあつ物、いくばくか人の費をなさん。求むる所はやすく、その心はやく足りぬべし。かたちに恥づる所もあれば、さはいへど、悪には疎く、善には近づくことのみぞ多き。（『徒然草』）

長明は自ら山林の中に営まれる閑居に身を沈めて、ひたすらその乏しいゆえの楽しさを礼讃する。それは直線的な文の運びによって直情的に述べられ、述べられる過程において熱を帯びてくる。しかし、自ら「トメル人ニタイシテイフニハアラズ。只、ワガ身ヒトツニトリテムカシ今トヲナゾラ」えるのだというように、自己完結的で、ほかへの働きかけを目的としない。

兼好も閑居は十分知っている。しかし、ここでは自身山林の徒として述べているわけではない。そうではないが、前に述べた場合と同じく、山林の徒の立場において考える精神の余裕がかれにはあった。そして、「そのうつは物……よすがなくてはあられぬものなれば」という当時の山林の生活の現実面をも見逭すことはなかった。そして、その現実面を肯定し、「背けるかひなし……。」というような観念的な物言いを排し、漸層的な善への接近を肯定するのである。この短い文の中で、「さればとて」「さすがに」「さはいへど」といった言葉の何と目立つことか。このような論の区切れめは、読者を酔わせない。むしろ、読者を醒まし、立ち止らせ、考えさせる。これは明らかに読者へ働きかける文体である。

直線的に一切の他の視点を切り捨ててきた長明は、最後に自身の矛盾にふと気づいて、自問を発せざるをえなかった。そして、それに対して自答はついに得られなかった。(1) しかし、兼好はこのような動揺にさらされなくてすむであろう。今まで見てきたように、かれは予想される質問を一つ一つ取り上げてはそれを答えてきて、結論に到達するのが常だからである。

（1）拙稿「文体に見る一〇〇人の作家―鴨長明」（『国文学』昭和四四年一月）参照。

五

けれども、兼好もまた、激した物言いをすることがある。そのような例として、五九・七四・八五・一〇八・一八八・二一一などの諸段が挙げられるであろうが、中でも第一一二段において、それは顕著である。安良岡氏はこの段の表現に関して、「鎌倉時代に興隆した新仏教の祖師たちの説示を記した、いわゆる法語のそれに由来するのではないかと思う」と述べられた。正にその通りであろう。

兼好の文体には、法語の文体とともに、儒教的政治理念を説いた漢籍の文体が、直接間接に影響している。これも強い表現を生む大きな要素である。

中世は政治に対する関心の高まった時代であった。政治のあるべき姿に対する立言は、『方丈記』の遷都の記事に見出される批判あたりから始まって、史書・軍記物語・説話集のあるものなどにおいて、次第に声を大にして主張されるようになって、兼好の生きた時代に至るのである。かれとても、そのような時代思潮と無縁ではありえなかった。いな、自身は隠者であっても、世俗の人間の立場がわかりすぎるほどわかるかれだからこそ、自ら進んで政治への関心を高めていったというべきであろう。

たとえば、『六代勝事記』には、

帝範に二の徳あり。知人と撫民と也。知人とは、太平の功は一人の略にあらず。君ありて臣なきは春秋にそしれるいひ也。撫民とは、民は君の躰也。躰の傷む時にその御身またい事えたまはんや。

というような文章が見える。この帝範は、『徒然草』の典拠とされるものの一でもある。兼好はこの書を引いて、

さて、いかゞして人を恵むべきとならば、上の奢り費す所をやめ、民を撫で農を勧めば、下に利あらん事、疑ひあるべからず。（一四二段）

と実践的な提唱をしているのである。『六代勝事記』が君のための知人や撫民を説くのに対して、『徒然草』が人間性を優位に考えていることは、ほぼ確かであろう。

「遠き物を宝とせず」とも、また、「得がたき貨を貴まず」とも、文にも侍るとかや。（一二〇段）

「凡そ、珍らしき禽、あやしき獣、国に育はず」とこそ、文にも侍るなれ。（一二一段）

食は人の天なり。よく味を調へ知れる人、大きなる徳とすべし。（一二二段）

など、簡潔な提言は、多く漢籍を滋養として生まれた。

一見、気楽に書き流しているかのような『徒然草』の中で、こういう主張にぶつかったとき、はっとした経験を持っている人は少なくないであろう。中世の文体の典型がここに見出されるのであ

る。

六

今まで述べてきたのは、すべて漢文脈の勝った和漢混淆体を中心とする章段についてであった。実は、『徒然草』の文体として第一に取り上げられるべきものが擬古文であることは、いうまでもない。けれども、たとえば『増鏡』や、江戸の国学者の随筆に見られる擬古文と『徒然草』の擬古文との違いを、どのように説明したらよいのか、私自身には未だその方法が摑めていない。ただ、擬古文という文体は、常識的に考えても、「てにをは」につれてさまざまな概念がずるずると取り込まれてきて、表現は自然冗長になり、心理のくまを探るのには適していても、論理を叙述するのには不適な文体であると思われる。が、『徒然草』の場合は、たとえば第一三九段「家にありたき木は」の段など、擬古文的な発想を取りながらも、極度に表現を刈り込み、明確な判断を下している。「事そぎたる」文体で、しかも言いおおせているのである。その点、和漢混淆体の勝った章段と本質的な差は無いのではないかと思われる。この、表現を惜しんだ文体は、やはり中世における典型的な文体と考えざるをえない。

兼好と西行

一

『徒然草』に西行の名が出てくるのは、ただの一度である。それは、「家居のつき〴〵しくあらまほしきこそ、かりの屋どりとはおもへど、興ある物なれ」に始まる第十段で、有名な「鳶ゐさせじ」の話である。

後の徳大寺のおとゞのしむでんに、鳶いさせじとてなはをはられたりけるを、西行が見て、「鳶のゐたらむはなにかはくるしかるべき。此殿の御心さばかりにこそ」とて、其後まいらざりけると聞侍るに……

(引用は、古典文庫所収常縁本による。但し、句読・清濁は私意。以下同じ。)

同じ話は、『古今著聞集』巻第十五宿執に見える。西行が昔の主家徳大寺家の公達、実定・実家・公衡に悉く失望してしまう話で、当の西行の人柄は、その結びで、

世をのがれ身をすてたれども、心はなをむかしにかはらず、たて〳〵しかりけるなり。

と評されている。

兼好は、この話に引き続いて、それに類する、綾小路宮のいた小坂殿の話を語り、それが宮の慈悲心から起った措置であることを聞書して、「徳大寺にもいかなるゆへか侍けむ」と、実定に見切りをつけた西行の見方にも、再考の余地がありそうだといった素振りで、この段を終っている。

ひそかに思うに、あるいはある種の鳥は式神のようなもので、家の棟にそれがとまるのは、神に呪咀されていることを意味する、というような、一種の迷信が当時あったのかもしれない。『沙石集』巻第一に、「浄土門ノ人神明ヲ軽テ蒙レ罰事」という説話があるが、そこには、

家ノ棟ニ鷺居テアリケルヲ占ヒケレバ、「神ノ咎」ト申ケルヲ、……

という語句が見出される。もし、実定の場合にも似たような意識が働いていて、しかも西行がそれを承知の上で、「とびのゐる、なにかはくるしき」(これは『古今著聞集』での言葉)といったのであれば、この話の解釈は、呪咀を恐れる実定とそうでない西行と、という風に、当然かなり変ってくるのであるが、その当否はわからない(なお、田辺爵氏『徒然草諸注集成』五四ページ参照)。やはり、ただしち面倒くさい仕掛けをしてまで鳶を追い払おうとした実定の狭い心を憎んだのだ、と単純に解釈した方がよいのかもしれない。

それはともかくとして、橘成季は西行の「たて〳〵しかりける」一面を語ろうとして、このエピソードを記し留めているのであるが、では、兼好はどうなのであろうか。かれは実定に対する西行の憤慨に共感しているようでもあるが、綾小路宮の話を聞いて、前述のように、「この分だと、徳

大寺にもどんな理由があったのだろう（何かあったに違いない）。」と、物事を一面的に割り切ってしまわない思考態度を示している。

一度愛想をつかすと二度と寄りつこうともしなかったと伝えられる西行と、物事には何でもそれ相当の理由があるのだろうと考えるゆとりを持った兼好と、――それぞれ、中世の文学者の典型であることを失わない両者が、性格においてかなり対蹠的であることは、明らかである。中学や高校の教材に取り上げられることの多い、寺田寅彦の随筆に、確か「手首の問題」というのがあったと記憶しているが、寅彦流にいえば、兼好の手首は柔軟である。それに対して、西行のそれは、筋張って固そうだ。

二

風巻景次郎氏の『西行』以来、西行研究に際しては、中世の一連の西行伝説は排除してかかるのが、オーソドックスな方法となりつつある。それは確かに手堅い行き方であり、特に伝記研究においてはまったく正しい方法なのであるが、しかし、それらの伝説のあるものは、やはり西行の「たて〳〵し」い一面、ひたむきな、つきつめた純粋さを、また、そういう人間が持ちうる、一旦こうと決めたら梃子でも動かないといったような強さを、かなりよく語っているのではないだろうか。すがる子を縁から蹴落して出家した（『西行物語』）とか、後年弟の家の前を通って、そこに養われているわが娘が土遊びをする姿を見ながら、名乗ることもなく去っていった話（『発心集』）とか、天竜の渡しで武士に鞭打たれながら、じっとそれに堪えていた（『西行物語』・『十六夜日記』）とか、文覚が西行の人物に完全に圧倒されてしまった（『井蛙抄』）とかいうのがそうである。

尤も、最近の仏教民俗学の立場からは、西行は勧進を事とする高野聖の一人であり、徒らにかれのすべてを文学の使徒のごとく美化して考えるのは贔屓の引き倒しであるという見方も提示されている。先ほどの『古今著聞集』の話の続きで、西行に出家を勧められた実守の遺子公衡が答えていう言葉に、「出家の身にて口入せんこと、すゝめ法師に似たらんずれば、その願とげて後、相計べし」というのがあるが、俊乗坊重源の請いを容れ、陸奥まで沙金の勧進に出かけた西行こそ、「すすめ法師」、勧進聖だというのである。

作家や詩人の現実生活を等閑視して、文芸美論にばかり遊ぶのも考えものであるが、しかしまた、現実生活を白日の下に曝しさえすれば創作の秘密も解明されると考えたとしたならば、それは思い上りも甚しいものであろう。一生不犯の清僧明恵ですらも、誘惑に屈しようとしたときもあった。西行の現実生活には、たしかに俗っぽい面もあったかもしれない。けれども、性向として、かれが純粋であり、子供っぽくさえあったであろうことは、その作品自体が雄弁に物語っている。それらについては、かつて論じたことがあるので、改めて繰り返すことは避けたい。

それに対して、兼好はどうであろうか。

三

兼好も、三十歳前と考えられている出家に際しては、一種の気負いや衒気に動かされることがまったくなかったとは断言できない。自撰家集を見ると、

世中おもひあくがるゝころ山ざとにいねかるを見て
よの中の秋田かるまでなりぬれば露もわが身もをきどころなし
世をのがれてきそ地といふ所をすぎしに
おもひたつきそのあさぬのあさくのみそめてやむべき袖のいろかは

などという作品が見出される。

けれども、『徒然草』第百七十二段では、次のようにもいっている。

わかき時は血気うちにあまり、心物にうごきて、精欲おほし。身をあやぶめてくだけやすき事、玉をはしらしむるに似たり。花麗をこのみて宝をつひやし、是をすてゝ苔の袂にやつれ、いさめる心さかりにして物にあらそひ、人にはぢうらやみ、このむ所日々にさだまらず。色にふけり情にめで、行をいさぎよくして命をうしなへるためしねがはしくして、身のまたく久しからむことをおもはず。すけるかたに心引て、ながき世がたりともなる。身をあやまつことは、わかき時のしはざ也。

これは、自分自身の若いときに対する反省というよりは、もっと一般的な物の言い方のようであるが、ともかく『徒然草』を執筆した頃の兼好は、若さのもつむら気・危っかしさを適確に取り出

して見せる目が備わっている。これはいうまでもなく、大人の目である。同じような冷徹な目が女性に向けられるとき、第百七段に見られる、次のような辛辣な女性論として現われる。

かく人に聖らるゝ女、いかばかりいみじき物ぞとおもふに、女の性はみなひがめり。人我の相ふかく、とむよく甚しく、物のことはりをしらず。只まよひのかたに心はやく、詞もたくみに、くるしからぬことをもとふ時はいはず。ようい あるかと見れば、又あさましきことまでとはずがたりにいひいだす。ふかくたばかりかざれることは男の智恵にもまさりたるかとおもへば、其ことの跡よりあらはるゝをしらず。すなほならずしてつたなきものは女也。

けれども、こういうことをいう兼好自身、若さや女は嫌いではないのである。第百七十二段での結びの語は、

老て智のわかきにまされること、若くしてかたちの老たるにまされるがごとし。

というのである。兼好は老醜を厭い（七・一一三・一三四・一五二の各段）、若さのもつ美しさには敏感な方であった（四三・四四段）。しかし、好ましい若さの美を叙するかれの筆は、趣味的なものに留まって、そこに自らの失われた若さに対する愛惜の念が影をさすことはない。

また、「万にいみじくとも、色ごのみならざらむ男はいとさうぐしく、玉の盃のそこなき心ちすべき」（第三段）と喝破したことからも知られるように、兼好は女性の魅力に対して無関心ではな

い。かれは、「すなほならずしてつたなきもの」と女性を規定した上で、語を継いで、その「つたなきもの」との交際のし方を次のように説く。

其心にしたがひてよくおもはれむ、心うかるべし。されば、何かは女のはづかしからむ。もし賢女あらば、それもうとくすさまじかりなむ。只まよひをあるじとしてかれにしたがふ時、やさしくも面白もおぼゆべき事也。

女はとりもなおさず迷妄そのものなのだから、男も迷妄の裡に身を置かないことには、女とつきあっても面白くはないのだ、という。これは、女性には、精神的に高いもの、筋道の立ったものはとうてい求むべくもないのだ、と見切りをつけ、それらを求めることを断念した男の言ではないか。このように達観できるのは大したものである。だが、少なくとも、ここでは、幼児にも似た、永遠な女人像に対する男の憧憬（そういうものは誰しも一度は抱くものだと思うのであるが）は、影を潜めてしまっている。かれには、遊びの達人の風貌すら窺われる。

西行はこうではなかったと思われる。かれが「恋百十首」で、さまざまに波立つ情動を飽くことなく歌ったのがいつのことであるかは、はっきりしないが、『聞書集』に収められている、うなゐ児の麦笛の音から、幼い日の回想へと入ってゆく、感傷のみずみずしく流露する作品群は、生涯の終り近いものであったであろう。そこには、

こひしきをたはぶれられしそのかみのいわけなかりしをりのこゝろは

という作もあった。

兼好が理性の人であり、洞察的な人間であるに対して、西行は感傷の人であり、憧憬の人であった。

四

兼好は、たしかに物が見えすぎてやりきれないほどの人だった。一例として、第百九十四段での、十人十色の人間群像の分析を掲げてみる。

達人の人をみる眼は、すこしもあやまる所有べからず。たとへば、ある人世中にそらごとをかまへいだして、人をはかることあらむに、すなほにまことゝおもひて、いふまゝにはからるゝ人あり。あまりに深く信をおこして、猶わづらはしく空ごとを心えそふる人あり。又何としもおもはで心をつけぬ人あり。又いさゝかおぼつかなく覚えて、たのむにもあらず、たのまずもあらであむじゐたる人あり。又まことしくはおぼえねど、人の云ことなればさもあらむとてやみぬる人もあり。又様々にすいし心えたるよしして、かしこげにうちうなづきほゝえみてゐたれど、つや〳〵しらぬ人あり。又すいし出して哀さるめりとは思ひながら、猶あやまりもこそあれと、あやしむ人あり。又ことなるやうもなかりけりと、手をうちてわらふ人あり。又心えたれども、しれりともいはず、おぼつかなからぬはとかくのこともなく、しらぬ人とおなじやうにてすぐる人あり。又このそらごとの本意を始より心えて、すこしもあざむかず、かまへ出したる人とおなじ心になりて、力をあはする人あり。

西行がどの型に属するかはわからない。「何としもおもはで心をつけぬ人」か、「まことしくはおぼえねど、人の云ことなればさもあらむとてやみぬる人」であろうか、とも考えてみるが、案外、「すなほにまことゝおもひて、いふまゝにはからるゝ人」であるかもしれない。が、兼好についていえば、さっき遊びの達人といったが、これだけの観察ができるかれ自身は、それこそ人生における一種の「達人」なのではないか。

が、物が見えすぎる人は、必ずしも幸福ではない。兼好は生前、二条家の和歌四天王として人に知られた存在であったけれども、かれの目には、当時の和歌の衰退ぶりは、覆うべくもなかった。

詩哥にたくみに、糸竹にたへなるは、幽玄の道君臣是をゝもくすといへども、今の世には是をもちて世をおさむること、やうやくをろかなるに似たり。金はすぐれたれ共、鉄の益多にしかざるがごとし。

（一二二段）

と記さざるをえなかった。『御裳濯川歌合』『宮川歌合』を伊勢の両宮に奉納し、「二見浦百首」を諸人に勧進して、和歌が神明の嘉し、仏陀の心にも通うものであると、素直に信じて疑わなかったであろう西行に比べれば、兼好は歌よみとしては不幸であった。

五

「鉄の益多」と揚言する態度は、めなもみや灸の効用を説き（九六・一四九段）、鹿茸の取扱いに関する注意をメモし（一四九段）、「よき友」として、「物くるゝ友」「くすし」「智恵有友」を数え上げる（一一七段）態度にも連なるものがある。迷信を排除し、合理的実益的なものを追求してゆくのは、中世後期の文化一般の傾向でもあろうが、兼好はそういった時代精神をかなりよく体現しているようである。かれはしばしば、福徳や名利に対する人間の執着を取り上げる。それらは結局は放下すべきものとされてはいるが、それらを一旦取り上げるところには、やはり一応それらがかれの関心の閾内にあったことをも物語っているのであろう。これに対して、西行はどうだったのであろうか。一介の隠者として、日々の塩噌の糧に心を労し、勧進聖として奉財の額の多寡に一喜一憂するようなことが、かれの生活でもあったかどうか、それは知らない。しかし、少なくとも、

鈴鹿山うき世をよそにふりすてていかになりゆくわが身なるらん

と、山中を独り行く我が身を顧み、

風になびく富士の煙の空にきえて行方もしらぬわが思ひ哉

と、その視線が碧空に消えてゆく噴煙を追うとき、かれの心は、世俗の塵を払って、漂っていったのではなかっただろうか。

そのような、漂泊感に伴う自然との即融の感、茫然自失の恍惚感にも似たものを、兼好が生涯において果してどれほど経験したか、疑問である。

所詮、兼好は本質的に批評家であり、西行は天性の詩人であった。それまでの日本古典文学に、

批評家は少なかった。鴨長明の批評も、結局は葭の髄から天井を窺く狭さ、といって不適当ならば、自己に執しすぎるあまりにほかのものが見えにくくなる、といった死角をもっていた。兼好の視野は三六〇度の展望がきく。死角はほとんど存しないかのようである。

この批評眼は得難いものには違いない。しかし、そこから詩は生まれえなかった。近世に入って、松永貞徳が『徒然草』を好んで講釈し、芭蕉にとって『山家集』が座右の書であったのは、故なしとはしないのである。

III

心と詞覚え書

一　詞を惜しむ詩

人とはゞ見ずとやいはむたまつ嶋かすむいりえのはるのあけぼの

これは御子左為氏が、建長二年後嵯峨院仙洞の詩歌合の際[1]、「江上春望」という題で詠んだ歌である。この歌は翌建長三年成立した『続後撰集』春上に早速採り入れられ、好評嘖々たるものがあったのではないかと想像される。小倉公雄が頓阿に語ったところによれば、後嵯峨院は為氏の父為家に向って、この「人とはゞ」の歌と、同じく為氏の作である、

をとめごがかざしのさくらさきにけり袖ふる山にかゝるしら雲　（『続後撰集』春中）

とを挙げて、この二首が為氏の秀歌として人口に膾炙されているが、そちにはこれほどの秀逸はあるか、と問うたとのことである（『井蛙抄』第六雑談）。為家の相好を崩した嬉しそうな顔は、想像できないでもない。

ところで、このような名誉をかちうるに至った「人とはゞ」の歌の成り立ちについて、頓阿は作

者為氏の子為世の言葉として、やや興味のあるエピソードを聞書きしている。それによると、為氏が最初この歌を詠み出して、紙屋紙の立紙（包紙）の裏に書き記して父為家に批正を乞うたとき、その第二句は「見つとやいはん」となっていたのである。為家はこれを見て傍に「見すとや」と書添えた。当の為氏は、なぜこう直されたか合点がゆかないながらも、父の添削に従って「つ」を「す」に改めて、詩歌合の座に提出したのである（『井蛙抄』第六雑談）。そして前述のごとき誉れをうるに至ったのであった。

このエピソードは、和歌や俳諧のような短詩形の文学においては、一字一字が抜き差しならぬ重大な意味をもたされているのであって、一字の如何によっては、その構成する世界ががらりと変ってしまうのだという、いわば常識の中に入ることを、(2) もっともらしく表現した、よくありがちな芸道説話の一つ、といってしまえばそれまでかもしれない。それに、私たちは、この挿話が頓阿の頃にでっち上げられた架空な話でないという保証をえていない。現に『正徹物語』下では、為氏の「見す」を為家が「見つ」と直そうとして思い止ったというふうに伝えられているのである。

しかしながら、この話の真偽如何は、結局判定困難な問題であり、また、判定しなければ困るといった性質のものでもない。真偽のほどはさて措くとして、かような話が中世和歌に重きをなす為家・為氏父子に関連して語られていること自体が意味深いことというべきであろう。そして、この話の中で、歌句の中の一字の改変が、（『井蛙抄』においては）肯定的完了表現から否定表現へという形でなされたという点に、私はいかにも中世らしい発想の具体的な現われを感じないわけにはゆかない。

この時代の歌よみの常套手段といえる本歌取りの技巧は、おそらくこの作でも忘れられてはいないであろう。為世の『和歌庭訓』(『和歌秘伝抄』ともいう)にいうごとく、『万葉集』の、

玉津島よく見ていませあをによし平城《なら》なる人の待ち問はばいかに　(巻七・一二一五)

がその本歌に相違ない。「よく見ていませ」といい、「待ち問はばいかに」といったのを受けて、いわば本歌に応答した形で[3]、(右の話の中の)為氏は「人とはゞ見つとやいはむ」と詠んだのであろう。それを(話の中の)為家は「見ずとやいはむ」と変えてしまった。為氏は「人」の問いに素直に、率直に、開放的に応じようという姿勢にあったのであった。為家は一字の改変を加えることによって、それを、頑な、隠閉的なものに置き換えてしまったのである。

玉津島の美しさを見ぬ人に説明することの困難さは、『万葉』の作者たちも気附かないわけではなかった。

玉津島見れども飽かずいかにして包み持ち行かむ見ぬ人のため　(巻七・一二二二)

という歌があるほどである。しかし、「よく見ていませ……待ち問はばいかに」という歌が一方にあるからには、かれらが玉津島の美しさを説明することをまったく断念し、放棄してしまったとは思われない。むしろ、「包み持ち行」くという、玉の音に由来するであろう空想を抱きまでして、

何とか説明しおおせよう、玉津島の美を「見ぬ人」の前に具体的に再現しよう、というのがかれらの態度であったと思う。ところが為家に至って、この親切な態度はかなぐり捨てられる。為家は玉津島の美を見ぬ人のために説明することを拒否する。「見ず」と空とぼけ、自分一人で堪能して頬被りしようとする。なぜ為家はさような吝嗇な態度をとるのであろうか。

思うに、為家は言語表現の限界というものを知りすぎるほどに知っていたのではないであろうか。「たまつ嶋かすむいりえのはるのあけぼの」は、(中世にあってはいうまでもなく心象世界のものではあるが)まさしく自然の最も美しい瞬間である。しかし、その美しさを表現するには、人間の言語はあまりにも不完全な、貧困な、そしてまた浅薄なものにすぎない。(「えもいはず」とか「えならぬ」とかの熟語が最高の美を表現する語として存在する所以である。)さような言語による美しさの説明は、聞き手にもけっして満足を与えるものでもないであろう。そしてまた、説明してしまったあとの自己の内には、空虚な、いわば美の抜殻以外に残るものは何もあるまい。結局、この美しさは、自ら直接経験する以外に感得する術は無いのである。芸術について、「芸術といふものは、その性質上、最後には、選ばれたものだけしか与る事の出来ない一点がある。」(小宮豊隆『芭蕉・世阿弥・秘伝・勘』)といわれるのとほぼ同様であろう。為家はそのことに気づいていた。そこで説明を拒否し、それによって、少なくとも直接経験者の感動を干涸びる危険から守り、観念の世界でいよいよ深化され、浄化された状態に保たしめえたのだ、と私は考えるのである。(4) そして、そのことはかえって、作品の鑑賞者の側にも、新たな観念的な美の世界を現出させる契機ともなったのである。中世人の言を借りるならば、『和歌庭訓』の「余情の事」という条項で、

上手になりぬれば、余情のある也。(余情と申すは詞の外に多くの心のあるなり。)仮令、故大納言入道為氏の御歌、江上春望と申す題にて、

人とはゞみずとやいはむ玉津嶋霞む入江の春の曙

と侍るやう也。玉津嶋の有さまをこまかに詠じたらんよりも、彼浦の景気眼にうかびて、おほくの風情こもりて聞ゆる也。

といっている通りである。

こう考えてくると、結局、中世の和歌は表現を惜しむ文学であったのではないかと思う。中世の歌論を見ていると、例えば、『無名抄』の中で長明は、能因の「心あらん人にみせばや津の国のなにはわたりの春のけしきを」を賞讃した俊恵の言葉を紹介して、

たとへば能書のかけるかなのもじなどのごとし。させる点をくはへ、ふでをふるへる所もなけれど、たゞやすらかに事ずくなにて、しかもたへなるなり。

と記しているのを始め、

ふるき詞のよきにて、風情めづらしくけだかく、文字すくなにきこえて候。

(『家隆卿中院江まいらする御文』)

とか、

すべてすこしさびしきやうなるが、遠白てよき哥ときこゆるなり。詞すくなくいひたれど、心ふかければ、おほくの事どもみな其中にきこえて、ながめたるもよき也。

(『詠歌一体』)

とか、あるいはまた、

歌は詞すくなきをよしと俊成・定家も申されき。

(『近来風体抄』)

というように、「事ずくな」「文字すくな」といい、あるいは「詞すくなく」という表現の態度が賞揚されているのに気づく。[5] 反対に排斥せられる態度は、三十一字の中にあまりにも多くの内容を盛り込もうとして、表現に破綻を来すまでの無理をすること、表現をこねくり廻すことである。『毎月抄』にも、

あまりに又ふかく心をいれんとてねぢすぐせば、いりほがの入りくり哥とて、堅固ならぬすがたの心えられぬは、心なきよりはうたてくみぐるしきことにて侍る。

といい、為家も、

ゆら〳〵とよみ流しつべき物を、いくらもいはむとすれば、あそこもこゝもひぢはりて、わろき也。

(『詠歌一体』)

といっている。いわば「文字多く」「言葉多く」という態度は排されているのである。

賤げなる物、居たるあたりに調度のおほき。硯に筆のおほき。持仏堂に仏のおほき。せんざいに石・草木のおほき。家の内に子孫のおほき。人にあひて詞のおほき。願文に作善おほく書のせたる。

と『徒然草』に書いた兼好にいわせれば、おそらく詠歌の際文字多く言葉多き態度も賤しげなる物

の範疇に入るであろう。

中世の宗匠たちにいわせれば、巧緻な表現を得ようとしてそれほど腐心するには当らないのである。いな、表現をないがしろにしてよいわけではけっしてないのであるが、殊更に珍奇な表現を求めること、表現が内容と乖離して、仰山なことごとしいこけおどしとなってしまうことは厳に戒めなければならないのである。例えば、為家は『宝治十首歌合』において、主題にふさわしい表現をさし措いて新味を出そうとした、藤原定雅の「社頭祝」題の詠、「神垣の葛の下風長閑にてさこそうらみのなき世なるらめ」（百廿一番左）を批判して、

左歌「恨なき世」は誠に祝言に侍るを、社頭の題にまさかき・ゆふかづらなどをきて、「秋にはあへず」といへる、葛の下風しもとめ出され侍らん、やすき「イ事アリ」を指をきてわりなき心をめぐらせる事は、是のみに限らず、こひねがふべからずや「イナシ」とぞうけ給はり侍り「イをき」し。

といっている。御子左派の歌人にいわせると、このこけおどしを好んで行なったのは反御子左派の人々であった。頓阿は為世の、

又云、民部卿入道（為家）、真観が「はや人の薩摩のせと」などよみて人ををどすとてつねに咲れ侍き。

（『井蛙抄』第六雑談）

との談を筆録している。

雲と湧き出る着想をそのまま現わそうとしたら、表現は自ずと高揚したものとなるであろう。し

かし、そういうものほど、後日取り出して見たときに見醒めのするものであることは、古来多くの作家が指摘してきたことである。

いかゞせんと、とかくたしなみよめる秀句はきはめてみぐるしく、見ざめする事にて侍べし。

（『毎月抄』）

歌はふしぎの物にて候也。きとうち見候に、おもしろくあさからず候へ共、次日又〳〵見候へば、ゆゝしく見ざめのし候。是をよしと思候けるこそふしぎに候へなどおぼゆる物にて候へば、猶詞をかざりあやつりたる物の中に候けり。

（『家隆卿中院江まいらする御文』）

めづらしきことはうちきくに面白けれども、やがてさむる物也。

（『心敬僧都庭訓』）

そこで宗匠たちは、その着想を一旦鎮めて、ことごとしくない、安らかな表現をそれに与えよと述べるのである。亡夫為家の歌論を祖述する阿仏尼が『夜の鶴』で、

歌はたゞ心をたしかに案じしづめて、言葉をやさしくとりなしてよめとてこそ候しを、口にまかせて人真似うちして、うきたる言の葉ばかりにておもひとけば、心は正体なく、てにはもあはず、本末もかきあはぬ事のみこの頃は多く見え候にや。

といっているが、この件りに引かれている為家のものらしい教えは、右のような趣旨に基づくものであろう。

心と詞との問題は、日本詩歌論において絶えず意識されてきた課題であった。時代がやや下がるが、心敬に左の言がある。

心はこと葉をころし、詞は心をころすと云、故人の言葉也。尤と思ふ也。こと葉をかざりいたはる程にこゝろはなく、いつもの事のみ也。また心をもとゝたくむほどに、こと葉のつたなく、ふしくれだちたるをしらず。よく〳〵心うべし。
(『心敬僧都庭訓』)

そして、或る場合には、「こゝろこそ本なれとて、詞をゆるがせにすることなかれ。」(『耕雲口伝』)などともいわれるが、やはり望ましいことは、表現が内容を上回らないこと、心敬にいわせれば、相剋する間柄である詞と心、表現と内容とが均衡を保っている状態である。

さて心をさきにせよとをしふれば、詞をつぎにせよと申にゝたり。詞をこそ詮とすべけれといはゞ、又心はなくともといふにて侍り。所詮、心と詞とかねたらんをよき哥と申べし。心詞の二は鳥の左右のつばさのごとくなるべきにこそとぞおもひ給侍りける。
(『毎月抄』)

というのが理想的な境地である。

これらのことは要するに、言語表現の限界を自覚せよという結論に、われわれを導くものといえよう。

(1) 建長二年九月某日行なわれた。現在伝わらないようであるが、『歴代皇紀』によれば、作者は左右各二十二人、判者を命ぜられた入道前関白(光明峰寺道家か)・入道大納言九条教家がいずれも固辞したので、無判であった。「江上春望」・「山中秋興」の二題で、『続後撰集』・『続拾遺集』・『新後撰集』・『玉葉集』・『新千載集』・『和漢兼作集』・『現存三十六人詩歌』・『夫木抄』・『歌枕名寄』・『為家集』などより、後嵯峨院・西園寺公相・土御門通成・御子左為家・同為氏・京極為教・藤原光俊・土御門院小宰相・後深草院弁内侍（以上歌）・岡屋兼経・常磐井実氏・徳大寺実基・後九条基家・花山院師継・洞院実雄・二条良教・藤原茂範（以上詩）らが作者であったと思われる。

（2）たとえば『梵燈庵返答書』上には左のごとき例が示されている。

泣とだにおもはぬ月に袖ぬれて
なくとだに思はぬ先に袖ぬれて
或は初心の人の句に、
涙などはじめもはてもなかるらん
泪などはじめもはてもうかるらん
かやうに一字にてあたらしく成也。

（3）二条為世の『和歌用意条々』で本歌取りのし方を説明した末に、「又古歌に贈答したる体あるべし」といって、その例をいくつか挙げている。

（4）ここで想起されるのは『おくのほそ道』松島の件りにおける、「予は口をとぢて眠らんとしていねられず」の語句であろう。

（5）これは人物論においても同様であったらしい。『十番物あらそひ』三番左にも「……こと葉すくなに残おほく、心ふかげならん人はすぐれて覚ゆべし」とある。

二　心構えの重視・なりかへること

表現そのものに多くを期待しなかった中世の宗匠たちは、表現以前のものをむしろ重視しようとする。それは、表現者の、つまり作者自身の態度・姿勢・心構えとでもいえようか。表現の前提となり、あるいは契機となる心の状態といってよいかもしれない。

『千載集』に一首入撰したことを悦んでいた長明を賞讃した後、筑州（中原有安）はこう訓えている。

道をたふとぶにはまづ心をうるはしくつかふにあるものなり。いまのよの人はみなしかあらず。みのほどもしらず心たかくおごり、かまびすしきいきどほりをむすびて、ことにふれてあやまりおほかり。

（『無名抄』）

「心をうるはしくつかふ」とは、下の「心たかくおごり、かまびすしきいきどほりをむすびて」と対照的な態度と考えられているところから、これは、要するに謙虚になれという訓えであろう。(1)しかしながら、謙虚さを持合せているだけでは歌人とはいえない。ここで想起されるのが西行の、

大かた諸道好士その心ざし一なり。侍従大納言の給ひしは、蹴鞠このむは思ひかけぬ木下に立ちよりても、此枝の梢の鞠のながれむにはいかに立つべきと案ずるなりと侍りしなり。歌好もさやうに思ふべし。又彼大納言の給ひしは、已は一千日の鞠けたるなり。雨降る日は大極殿、又所労の時はかきおこされて足に鞠をあてしなりと侍りき。それ程に志あらむには歌も何かあしからむ。なほ〳〵行住座臥に心を歌になすべしと侍りしなり。

（『西行上人談抄』）

という言葉であり、また俊恵が源三位頼政を評した左の件りである。

頼政卿はいみじかりし哥仙なり。心のそこまで哥になりかへりて、つねにこれをわすれず心にかけつゝ、鳥のひとこゑなき、風のそゝとふくにも、まして、花のちり、はのおち、月のいでいり、あめ・ゆきなど

のふるにつけても、たちゐおきふしに、風情をめぐらさずといふことなし。まことに秀哥のいでくるもことはりとぞおぼえ侍し。

（『無名抄』）

おそらく、この『無名抄』の記述を意識してであらう、『夜の鶴』にも一般的な教えとして、

先づ歌をよまむ人は、事にふれて情を先として物のあはれをしり、常に心をすまして、花の散り、木の葉の落るをも、露時雨色かはる折節をも、目にも心にもとゞめて、歌の風情をたちゐにつけて心にかくべきにてぞ候らむ。

と述べている。謙虚である上に要求されることは、常住坐臥和歌的表現をえようと努力することであり、さらに一歩進んでさような和歌的表現を可能にする和歌的雰囲気に身を置くよう工夫することであるというのである。(2) かような傾向は、時代が下って心敬あたりに至ると、戒律にも似た厳しさを伴ってきているように思われる。

心もち肝要にて候。常に飛花落葉を見ても、草木の露をながめても、此世の夢まぼろしの心を思ひとり、ふるまひをやさしく幽玄に心をとめよ。春の曙秋の夕暮ときゝとるくちまねにするはいたづらごと也。春の曙をも秋の夕をも、心をとめたる人のいひ出すは、同じ夕曙なれどもかくべつの物也。心はふとく欲心をかまへ、あたゝかなるあてがひにて、こと葉ばかりにて、うく、つらき、かなしき、あぢきなき、世をいとふ、身をすつるとのみいへども、かたはらいたくこそ候へ。しみこほりもせず候。哀なることを哀といひ、さびしきことをさびしきといひ、閑なることをしづかといふ、曲なき事なり。心にふくむべきにて候。

（『心敬僧都庭訓』）

「心はふとく欲心をかまへ、あたゝかなるあてがひにて」口先だけで風雅の世界に遊ぼうとする俗物根性を激しく非難している心敬は、その他いろいろな個所であたたかなる状態に対して批判的である。そこから帰結されてくる、歌人としての、また連歌師としての（要するにこの時代の詩人としての）理想的な心構えが、「さむく清かれ」（『さゝめごと』）というのであることは当然であろう。「こほりばかりえんなるはなし」（『ひとりごと』）という有名な言葉も、「神祇祝言などはしまぬ物にて候」（『ひとりごと』）といい、あるいは憂愁の詩人杜子美にひかれていることも、碁・将棋・双六などの博奕の類、乃至は鞠・相撲・兵法などスポーツやそれに類するものを、歌道・学問・仏道などと相反するものとして斥けていること（『さゝめごと』）も、やはり同じ視点から理解されるであろう。

鎌倉初期の歌人には、これほど徹底した、あたたかなる心持ちの否定――いってみればこれは人間臭さの拒否に近いであろうが――は見出されないようである。鞠の名手で、後嵯峨院の治世を寿ぎ、酒を好み、連歌（心敬のそれとは当然質を異にしよう。）に興じた為家などは、多分にあたたかい人であったかもしれない。為家は地方豪族宇都宮頼綱の婿になったが、習慣通り妻の実家から送られてきた宿直物の中にぬくぬくとしていたのを父定家が見て、そのような有様で歌道の稽古ができるかと叱ったという（『井蛙抄』第六雑談・『さゝめごと』）。これは事実か虚構かはもとよりわからないが、あたたかい人としての為家と、さむく清くはないにしても、少なくとも自らのあたたかさを殺そうと努めていたかと思われる定家との間に、いかにも見られそうな光景であるとはいえよう。(3)が、同時に、為家のさようなあたたかさが爼上に登るというところに、中世和歌が、表現以前の心構え——それも後世の心敬の説くそれにかなり接近したもの——を問題にし出してきていることを感じないわけにはゆかない。

為家が定家に叱責された話は、かくのごとく、あるいは実際有りえたかもしれないと思わせる要素を含んでいるが、俊成が冴え果てた寒夜に「燈火かすかにそむけて、白き浄衣のすゝけたりしをうへばかりうちかけて、紐むすびて、その上に衾をひきはりつゝ、そのふすまの下に桐火桶をいだきて、ひぢをかの桶にかけて、ただ独閑疎寂寞として、床の上にうそぶ」いて詠んだ(『桐火桶』・『正徹物語』上にも)という話になると、いかにも仮構めいてくる。これに拮抗するかのように、やがて定家の詠歌態度についての逸話も生まれたようである。

定家は南面を取はらひて、真中にゐて、南を遙に見はらして、衣文たゞしく居て案じ給ひき。是が内裏・仙洞などの、晴の御会にて読様にちがはずして、よき也。(『正徹物語』上)

俊成や定家の詠歌態度の実態が事実この通りであったかどうかは、もとより知る術も無いし、また知らなくても一向に差し支えない。ただ私は、これらの逸話は、俊成や定家の、詠歌態度を支えた精神なり心構えなりを歪曲して伝えているものではけっしてあるまい、いなむしろ、それらを正しく伝えてくれるものではないか、と考えたいのである。なぜならば、『毎月抄』を見ると、「常に

心ある躰の哥を御心にかけてあそばし候べく候」と、有心体を奨励した後で、

但、すべて此躰のよまれぬ時の侍也。朦気さして心底みだりがはしきおりは、いかにもよまんと案ずれども、有心躰出来ず。それをよまん〳〵としのぎ侍れば、いよ〳〵性骨もよはりて無㆓正躰㆒事侍也。

といっているからである。「心底みだりがはしき折は、……有心体出来ず」という消極的表現を積極的提唱に換えたとすれば、有心体を詠もうと思ったら心底を澄ませ、ということになり、これが具体的な形を取れば、『桐火桶』に語られるような、一種の精神統一法にまで発展するとしてもさして不思議はないであろう。『毎月抄』では、桐火桶を抱けとも南面せよともいってはいない。代りに、実作者の体験から割り出したのであろうかと思われる別種の精神統一法を勧めている。

さらん時は、まづ景気の哥とて、すがた詞のそゝめきたるが、なにとなく心はなけれども、哥様のよろしくきこゆるやうを、よむべきにて候。当座の時ことさら心得べき事に候。かゝる哥だにも、四五首、十首よみ侍ぬれば、朦味も散じて、性機もうるはしくなりて、本躰によまるゝ事にて候。

姿詞の落ち着かない、つまり彫琢など加えていない、内容の浅いもので良い、歌全体がさらっとしたようなものを数首も詠めば、心の靄も雲散霧消して、後は良い歌が出てくるというのである。いわば、井戸が涸れた時に注ぐ呼び水のようなもの——それを「景気の歌」と名づけているのである。(現代風に言い換えれば、それは詩的雰囲気を醸成するための、感情移入のための予備工作であろう。)呼び水は汲み出して捨ててしまうから、たとえ少々きれいでなくても差し支えない。それと同様に、

「景気の歌」はそれ自体言い捨ててしまう、いわば秀逸のための捨て石であるから、「姿詞のそゝめきたる」心の無いものでもかまわないというのである。詩心というものは、大抵の人の場合、胸底深く、現実的な打算・欲心よりもずっと深くに秘められている、清澄な泉のごときものであろう。それは、うまく掘り当て、誘導しないかぎり、一生陽の目を見ずに終ってしまうかもしれないものであろう。定家はその巧みな掘り当て方、誘導し方を説いたのである。(4)

こうして、詠歌できる精神的な雰囲気が生じたら、今度望まれることは、対象そのものに没入し、合一するのみである。

中納言入道申しけるやうに、上陽人をも題にて詩をもつくり歌をもよまば、その才学をのみもとめてつゞけてよむうちにも、よしあし多けれど、ひとつわのうちなり。又それよりは心に入れて、さはありつらむと思ひやりてよめるはあはれもまさり、古歌の体にも似る也。猶ふかくなりては、やがて上陽人になりたる心ちして、なく〳〵ふるさとをも恋しう思ひ、雨をもきゝあかし、あさゆふにつけてたへしのぶべき心ちもせざらむ所をも、よく〳〵なりかへりてみて、其心よりよまん歌こそあはれもふかくとほり、うちみるまことにこたへたる所も侍るべけれといふに、委心をかし。

(『為兼卿和歌抄』)

とは、為兼の伝える定家の言説であるが、直接定家の言を引くならば、

恋の哥をよむには、凡骨の身を捨て、業平のふるまひけんことを思出て、我みをみななりひらになしてよむ。地形をよむには、かゝる柴がきのもとなどをばゝなれて、玉の砌、山川の景色などを観じて、よき哥は出来物なり。

(『京極中納言相語』)

ということになる。そのものに「よく〳〵なりかへ」ること、対象に融合する過程があって始めて秀歌は生まれるというのである。そして、それは誠に至難のわざであるから、歌人は、「口たがひ、小便色かは」る（『京極中納言相語』で家隆の伝えている寂蓮の語。）という、文字通り彫心鏤骨の苦吟を重ねることが必至となったのである。このような自虐と呼んでも差し支えないほどの厳しさを、中世歌道は歌詠みたちに強いたのであった。その厳しさは、小才や器用さなどですり抜けることのできない性質のものである。ただこれと対決する以外に、真の歌人の採るべき方法は無かったはずである。定家などは、おそらく最も誠実にそれを試みた一人であったろう。その意味において、定家はむしろ不器用な歌人だったのではないかと思う。そして、その定家に代表され、象徴される中世和歌の主張は、器用貧乏であるよりもむしろ不器用であれ、ということであったかと考えたいのである。

為忠卿天性の堪能とはおぼえ侍らざりしかども、はれの歌などはよくよまれし也。古歌をとる事を好き。古今などはそらにみなおぼえられき。誠に道の人とぞ覚え侍りし。（『近来風体抄』）

よき細工は、少しにぶき刀をつかふといふ。妙観が刀はいたくたゝず。（『徒然草』）

等の件りが連想されるのである。

（1）　謙虚さが要求されたのはもとより歌道には限らなかった。『梁塵秘抄口伝集』巻十三にも、「諸げいともにわがまんあらん人は、その気声にいづる。吹ものも同じ。よく〳〵つゝしみて稽古すべし。人よりかつべき〱とおもひて・吹・唱は愚人の心入なり。人を立て、われも立て、仁義礼智信の心、文学の道のごとし」とある。

（2）これもまた和歌の世界だけでいわれたことではなかった。たとえば『教訓抄』巻八に、「管絃者ノ可ニキ存知ス事ハ、ヨロヅヲ心ヘテ、物ノアハレヲシリテ、心ヲスマシ、ヤサシカルベキナリ。風ノヲトニ心ヲソメ、鳥ノサヘヅリニミヽニトメテ、世中ノツネナラヌ事ヲ返々モナゲキテ、アシキ友ニアフマジキナリ」とある。

（3）これにやや共通した発想の挿話として、晴の歌会のある時分でも「弓よ引目よ」などと騒いでいた源具親のことを寂蓮が慨歎したという説話（『無名抄』）が挙げられよう。私たちが人間味を感ずる為家や具親の生活態度は、中世においては非難されねばならなかった。

（4）同じく『毎月抄』で詠歌に先立って『白氏文集』を読むことを勧め「哥にはまづ心をよくすますは、一の習にて侍也」といっているのも注目される。また、積極的に詩的雰囲気の醸成法を説いているのではないが、詩的感興が次第に醸成されてゆく創作過程のおもしろさを、『梵燈庵返答書』上では酒に酔うのに譬えて、「惣じて数寄の人は硯懐帋をみても心うき〱とあるべし。されども一の懐紙のうらなどまでは、誠に心しづまる事なし。此道に酔ずしては我心より出来連歌あるべからず。たとへば上戸の酒を三盃五盃のみたらんがごとし。口には味もや侍らん、心はさらに酒なし。数反の後心酒に成ぬれば一身は酒にて本心は迯去ぬ。連歌も数反おもしろき心に酔侍れば、興に乗たる心もたゞ酔の中也」といっている。

三　詞の制限と新味

中世歌論における一つの特徴は、制詞といって、表現の自由な撰択に制限を加えたことである。

これが、後に中世和歌の非難される大きな原因の一つになったのであろう。

この制詞をはっきりと呈示した人は『詠歌一体』における為家であろうが、しかしこの考えは既に定家に認められる。

五七の句はやうによりて去るべきにや侍らむ。たとへば、「いその神ふるきみやこ」・「郭公なくやさ月」・「ひさかたのあまのかぐ山」・「たまほこのみちゆき人」など申すことは、いくたびもこれをよまでは歌いでくべからず。「年の内に春はきにけり」・「そでひぢてむすびし水」・「月やあらぬ春やむかしの」・「さくらちるこのしたかぜ」などはよむべからずとぞをしへ侍りし。つぎに今の世に、かたをならぶるともがら、たとへば世になくとも、きのふけふといふばかりいできたるうたは、ひと句もその人のよみたりしと見えむことを、かならずさらまほしく思うたまへ侍るなり。

（『近代秀歌』自筆本）

近代之人所二詠《ミセル》出一之心詞、雖《モ》レ為《リト》二一句一謹《ンデ》可《シ》レ除《キ》二棄《ツ》之《ヲ》一、（七、八十年以来之《ノ》人歌《ニ》所二詠《ミセル》出一之詞、努々《ゆめゆめ》不レ可《カラ》レ取《リ》二用《キル》 之《ヲ》一）

（『詠歌大概』）

右のうち、『近代秀歌』の中に「……とぞをしへ侍りし」とあるのによれば、この考えは俊成から出ていると見てよいであろう。また、長明は他人の表現の皮相的な摸倣を笑って、

けさうをばすべき事としりて、あやしのしづのめなどが、心にまかせてものどもすりつけたらんやうにぞおぼえ侍し。かやうのたぐひはわれとはえつくりたてず、人のよみすてたることばどもをひろひてそのさまをまねぶばかりなり。いはゆる「つゆさびて」・「風ふけて」・「心のおく」・「あはれのそこ」・「月のありあけ」・「風のゆふぐれ」・「はるのふるさと」など、はじめゝづらしくよめる時こそあれ、ふたゝびともなれば念もなき事ぐせどもをぞわづかにまねぶめる。

（『無名抄』）

といっているのも、制詞の萌芽の如きものと考えることもできよう。

かような制限を設けた意図は何であろうか。制詞には種々のケースが考えられるが、『近代秀歌』にいう、「年の内に春はきにけり」「そでひぢてむすびし水」等々の句は、中世の歌よみによって秀歌と見做されていた作品の中にあって、それを秀歌たらしめている句――すなわち秀句であった、と考えられる。比較的新しい時代の人の歌の場合も、主として問題となるものはやはり秀句であろう。それら秀句も何度も使えばもはや秀句ではなくなってゆく。新鮮味は失われる。長明がいうごとく、それらは「はじめゝづらしくよめる時こそあれ、ふたゝびともなれば念もなき事ぐせども」という一面の性格をもっているのである。いわば、世阿弥の、

秘すれば花なり、秘せずば花なるべからず、となり。（『花伝』第七別紙口伝）

の語にある「花」に近いようなものであろう。それからまた、秀句を丸取りすることは、本歌にまったく依存することになる。そこから、新しい心・新しい風情の生まれることは到底期待されないであろう。『さゝめごと』の語を借りれば、秀句は「志ふかき人のしみこほりていひ出したる句」であるから、志深き創始者にとっては「しみこほりて」という経過、つまりその表現に至らざるをえない必然性があった、が、摸倣者にはそれが欠如しているからである。そしてまた、『荘子』にいうごとく、古人の糟粕を嘗める結果に終るにすぎないからである。これらの理由で、先人の秀句には尊敬をはらうけれども、これを踏襲してはいけない、と教えたのだと思う。文字通り敬遠せよ

というのである。『詠歌大概』に「謹《ンデ》可《シ》レ除《キ》二棄《ツ》之《ヲ》一」と、特に謹の字を入れていることも、そういう精神の現われであろう。

　こう考えてくると、制詞とは、たしかに表現面における制限に違いないのであるが、心の制限、着想風情などの制限を意味するものではけっしてなかったと考えられる。いな、むしろ心が詞に振り廻されるのを防ぐための制約、心の自由を確保するための詞の制限と思われるのである。

　「ことばゝふるきをしたひ」（『近代秀歌』）といっておきながら、次第に『万葉集』だけに見られる耳遠い表現を制限してゆくようになる（『詠歌一体』・『和歌庭訓』他）のも、ほぼ同じ考えに基づくものであろう。『万葉』の古語を使いこなすのならば問題は無いけれども、反対にそれらの古語に振り廻されてしまって、心が伴わないのを懼れたのに違いない。結局、ある心を表出するためにはこの詞を選ばざるをえないのだという必然性の無い古語復活などは、ナンセンスとして斥けられるのである。

　こと葉にて心をよまむとすると、心のまゝに詞のにほひゆくとは、かはれる所あるにこそ。
（『為兼卿和歌抄』）

という、かの為兼の名言も、この表現の必然性を喝破しているものである。その為兼が、革新の急尖鋒のように見られやすい為兼が、

　又その心にはおちゐずしてうはべばかりをまなびて、わざと先達の読まぬ詞を読み、同事をもよまむは、

返々無シ二其詮一。

といっているのは、むしろ当然であろう。すなわち、必然性の無い表現を非難しているのである。(1)

今出川院近衛に、「あつ氷」のエピソードというのがあるが、私は、これをも、必然性の無い安易な表現を非難する精神の裏返しとして、考えてみたい。『徒然草』にもその名の見えている今出川院近衛は、大納言鷹司伊平の女である。伊平の子供たちは伊頼・覚道(禅空)・実伊など、いずれも若年の頃から歌を嗜んでいた。近衛の幼女時代は、文学的環境という点で申し分無かったわけである。その近衛が九歳のとき、「池水」という題を兒たちが皆「うす氷」と詠んでいるのを見て、同じでは面白くないと思って「池のみぎはのあつ氷」と詠んだところ、父大納言が「此あつ氷の歌いづれよりもよし。いかにも始終歌よみになるべし」と嬉んだということが『井蛙抄』第六雑談に見えている。この話は近衛が直接頓阿に語った形で録されているので、まずひどい潤色は無いものと見て差し支えあるまい。

ところで、ここにまた、右の逸話によく似た添削評語の実例が存在する。それは、文永四年十二月頃、宗尊親王の詠に為家が加点した『中書王御詠』に見えるものであって、そこでは、

春雨

あめそゝぐゆふべのそらのうすがすみものあはれなるはるのいろかな

という親王の詠に対して、為家は、

先年融覚うすがすみと詠候。亡父あつがすみ面白と被レ難ぜ候き。下句不ニ庶-幾せ一候。

と述べているのである。

詩人は往々にして逆説を好む人種である。私は、この伊平の賞讃の辞や為家の評語に引かれている定家の非難を真正面から受け取ることは、やはり危険だと思う。中世の和歌といえども、けっして創意を否定しようとしたのではなかったことは、『詠歌一体』で、名所歌には昔から詠み馴れたことを詠めと訓えておきながら、その終りに、

かくは思ども、今も又珍しき事ども出来て、昔の跡にかはり、一ふしにても此つゐでにいひいでつべからむには、様にしたがひて必よむべき也。こと一しいだしたる哥は、作者一人の物にて、撰集などにも入也。

といっていることからも、明らかであろう。けれども、歌語というものに対する意識が磨きに磨きをかけられているこの時代に、「あつ氷」や「あつがすみ」が横行してよいわけはない。それに、近衛には特に創意があったというわけではない。単に、他人とは一風変ったものを出してやろうという、幼女らしからぬ大胆さから出発しているにすぎない。

ただ、伊平や定家が、かような逆説的な表現によって強調したかった点は、おそらく、安易な表現に馴れすぎるな、型に入りきってしまうな、ということであろうかと思う。本当の詠歌態度は、為兼の説くごとく、表現が先に固定していて、それに対象なり着想なりをはめ込んでゆくのであってはならないわけである。対象なり着想なりに応じて、表現が微妙に変容し、ニュアンスの違いを

る。示してゆくべきなのである。少なくとも、対象によって表現が選ばれてゆくのが順であるはずであ

さて歌をよまんに、先心をえて後に詞のつゞけられん折をばえたる時としるべし。さる時いかにもよき歌出来る也。先詞のいたりて其詞のしたに心いたる折はえぬ時なるべし。それをば其心のおもむきに従ひてよむべし。心のよまれぬをよまん〳〵としのげば、あしざまによみなさるゝ也。(『愚秘抄』鵜本)

ところが、氷といえば直ちに「うす氷」、霞といえば文句無しに「うすがすみ」という態度で万事歌を詠もうとしていったならば、表現が固定してしまって、そこに何ら新しさの生ずる余地はないであろう。表現が着想を殺す、着想が表現に振り回されるという点では、これら安易な表現、常套句は、古語・珍語・奇語の場合と、または制詞とされるに至る先人の秀句の場合と、何ら選ぶところはないであろう。ベテラン歌人はそこを突いて皮肉ったのだと思う。

中世和歌の実作面に、表現の固定、表現の動脈硬化という末期的症状が見られないとは、どう見てもいえない。が、そういう症状は心ある宗匠たちの十分に気づいており、しかも懼れていたことだと思うのである。前述の定家や伊平が、そういう目先のきく歌人であったと見たいのである。

(1) 制詞についての論考としては、丸山嘉信氏の「歌論におけるセマシオロジーの立場——制詞論を中心として——」(『徳島大学学芸紀要』・人文科学第九巻別冊)が精細を究めている。丸山氏は制詞を四つに分類し、それら各々の起源を遡って、制限を加えたことの意味を述べられた。その中で、「四、ぬしある詞」について、「使用してわるいこともないが濫用の結果その語句の表現価値が低下し、またはそれを使

用したる未熟者の歌自身も駄目になるから、詞をいたわり慎重を期する意味からすれば、この「ぬしある詞」を設けることも当然になってくるのではあるまいか。一方には本歌取が頻用され故実古事や本説も盛んに使われた時代だから、相似の模倣作をふせぎ個人的成句を尊重し、用語を吟味させるためにも、一部の特色ある語句の濫用を禁ずるぐらいの事は、詠作精神を拘束することでもなく詩心の自由を剝奪することでもなかったと思う。」等々述べておられるのに対し、深い敬意と共感とを表したい。

（2）『八雲御抄』第六用意部で「凡ふるき歌をとる事、歌にまめなる人の所為、誠に一の事なれど、われとめづらしうよみたらんには、猶おとるべくや」といっているのも、やはり創意の尊重と見られる。

藤原定家における古典と現代

――『近代秀歌』試論

作家や詩人にとって――要するに創作家にとって、回避することのできない、やっかいな関係が、二つ考えられる。その一つは古人乃至は古人の作物（古典作家・古典）との関係であり、もう一つは同時代人乃至はその作物（現代作家・現代の作品）との関係である。創作家がこの二つの関係に神経を使うことは、昔から現在に至るまで、そう変ってはいないと思われる。

紫式部が『源氏物語』を書いた際、彼女はそれ以前に数多く生まれていた古物語の類を無視することは、とうていできなかったはずだし、それと同時に、清少納言や赤染衛門・和泉式部など、同世代の女流作家を強く意識せざるをえなかった。芭蕉は、「釈阿・西行の言葉」乃至は宗祇・雪舟・利休を風雅の先達として仰ぎながら、同時代の「西鶴が浅ましく下れる姿」を少なくとも念頭に置いてはいるのである。子規は多くの古典詩歌を、自己の文学観に照らして、自身にとって価値あるものとそうでないものとに截然と分ける一方では、「鉄幹是ならば子規非なり、子規是ならば鉄幹非なり、鉄幹と子規とは並称すべき者にあらず」と、鉄幹と鋭く対立した。

古典と同時代との両者にどう立ち向うかは、創作家にとっての永遠の問題であるといえよう。定家の場合にもまた、これは対決を迫られる課題であった。確実にかれの著述とされる二篇の歌論――『近代秀歌』および『詠歌之大概』は、結局この課題に対する回答だといってよい。

『近代秀歌』が執筆されたときの定家が置かれていた状況は、風巻景次郎氏の二篇の論考(1)に詳しく説明されている。この歌論書は、承元三年（一二〇九）定家四十八歳のとき、京都文化への憧憬から、和歌に心を寄せていた、当時十八歳の将軍実朝の質問に対して書かれたものであると考えられている。すでに父俊成や主家の良経など、親しい人々に死別しており、定家は宮廷和歌界の指導者格ではあったが、『新古今集』撰進の過程を通じてかもし出された後鳥羽院との間の芸術上の意見の対立や、それに伴って、感情の齟齬も目立ち始めて、かれは孤立感を味わっていた。年齢的な関係もあって、健康にも恵まれない日々が多く、詠歌の上でもスランプに陥っていた。要するに、「定家の一身には、社会上からも文学の上からも、不如意な状況が重なっていった(2)」。そういう悪条件の下に執筆されたのが『近代秀歌』だというのである。

このように執筆時の状況を把握することは、この歌論書にほのめく述懐調を理解する際に、無駄ではないであろう。

『近代秀歌』は本文研究の上で論議されることの多い歌論書であるが、この問題についてはここでは詳しくふれない。ともかく、全体は歌論の部分と例歌（秀歌選）の部分とから成るという、基本的構成においては、諸本とも一致するのである。問題は、その秀歌選がいわゆる遣送本系統と自筆本系統とではまったく異なっており、またその両方の秀歌選を併せ有する秘々抄本と呼ばれる系統の本が存在することから、諸本をどのように整理し、その派生した事実をどう説明するかという疑問に集中し、そこで錯雑を極めているのである。しかし、ここでは専ら歌論の部分について考えてみたいので、本文の問題にはさほど関わらなくてもすむであろう。

歌論の部分は、和歌史的な叙述（島津忠夫氏の論(3)で「歌史的叙述の部分」と呼ばれているもの）と作歌上の教えを説いた部分（同上の論で「歌論的叙述の部分」と呼ぶもの）とに大きく二分される。そして、歌論の部分全体の前に、研究者によって序文と呼ばれている前書きがある。ただし、秘々抄本では、これが秀歌選の後にあり、序文ではなくて、跋文としての役割を果している。

研究者が『近代秀歌』の歌論の部分について論ずる場合には、その前半に相当する和歌史的な叙述に焦点を合わせることが多い。後半の作歌上の教えの部分は、あまりにも原理的な物言いが中心であるので、今さら云々するにも及ぶまいという、共通の理解が暗黙裡になされているのかもしれない。

しかし、ここではあえて作歌上の教えの部分を取り上げてみよう。もとより、この両部分は密接な繋がりをもっているのであり、定家の作歌原理を考える際に、絶えずその和歌史的把握が顧みられるべきことはいうまでもない(4)。

さて、『近代秀歌』のこの部分で定家が主張することは、単純明快である。それは第一に、

ことばゝふるきをしたひ、こゝろはあたらしきをもとめ、をよばぬたかきすがたをねがひて、寛平以往の哥にならはゞ、をのづからよろしきことも、などか侍らざらん。(引用は自筆本複製による。以下同じ)

ということ、そして第二には、

つぎに、今のよにかたをならぶるともがら、たとへば世になくとも、きのふけふといふばかりいできたるうたは、ひと句も、その人のよみたりしと見えんことを、かならずさらまほしくおもふたまへ侍なり。

という二点である。かれ自身、これに続いて、

たゞ、このおもむきをわづかにおもふばかりにて、おほかたのあしよし、うたのたゝずまひ、さらにならひしることも侍らず。

と記しているのであるから、この消息体の歌論書でかれの説く教えがこの二点に絞られることは、明らかであろう。

そして、ここに、最初にも述べた、古典と同時代に対する定家の姿勢が、最もよく現われているのである。

かれが主張する第一の点は、風巻氏のいわれるように、まさしく古典主義的主張である。かれはここで、歌の言葉、文学の言葉を古語に限った。「ことばゝふるきをしたひ」の「ふるき」がどの程度の古さを指すかは、後年の著述である『詠歌之大概』で、具体的に説かれている。それは、「詞《ハ》不レ可《カラ》レ出《ヅ》二三代集先達之所《ヲ》一レ用《キル》、新古今古人《ノ》歌同《ジク》可《シ》レ用《キル》レ之《ヲ》」というのであった。そして、心——思想・着想・発想——においては、新しさを要求した。「古き革袋に新しき酒を盛れ」というのである。

この主張は、四十八歳になってかれが確信するに至った考えには違いないが、それまでの創作体験によって、かれの内部において徐々に固まってきたものでもあった。すでに、四十代の初めである建仁初年、『千五百番歌合』の判詞において、

詞はふるき歌にならひ、心はわが心より思ひよれるや、歌の本意には侍らん。（八四〇番）

と述べている。

心の新しさを求めることは、問題ないであろう。内容や発想において陳腐な作品が存在意義を認められないのは当然である。

では、どうして詞を古いものに限ろうとしたのであろうか。新しい心を新しい詞に盛ることこそは、ふさわしいことではないか。それを古語に限ろうとしたのは、定家の尚古思想に基づくのであ

ろうか。

もちろん、尚古思想とまったく無縁ではあるまい。かれはかなり頑迷な保守主義者であったし、かれの生きた貴族社会全体にその傾向は強かった。しかし、言語芸術である和歌の言葉の美しさと無関係に、ただ古いという、そのことだけで古語を尊重したのではないことは、『万葉集』の或る種の古語や、当時神聖視されていた『古今集』のある表現すらも、手本とするべきではないとされていた、当時の和歌界に普遍的な考え方からも、ほぼ明らかであろう。

定家にとっては、永い歴史に堪え、洗練に洗練されてきた古語こそは、やはり最も美しい言葉だったのだ。その美しさとは、『毎月抄』の表現を借りれば、「ふとみほそみもなく、なびやかにきゝにくからぬやう」な美しさであろう。節くれだっていない、端正な美しさ、業平的な、また小町的な美しさである。

前述のごとく、かれは保守主義者であり、保守主義者の多い貴族の中でも、最も貴族主義的思想の持ち主であった。小野宮実頼を敬慕し、下女を妻としたという野宮左大臣公継を罵倒していることなどは、その一例である。

貴族社会の秩序を尊重するかれにとって、美とはとりも直さず、貴族の目によって捉えられた美――たとえ、それが「浦の苫屋の秋の夕暮」という、それ自体は庶民的な対象であっても――であった。ところで、貴族的な美が最も円満具足した形を取りえたのは、三代集の成立した時代であった。その時代、人々はおおらかに桜をかざし、恋をし、嘆き、それを歌に托した。現実にそのような雅びを求むべくもない変革期に生まれ合せた定家は、ひたすらその時代を憧憬した。『梁塵秘抄』の今様に溢れているような、ヴァイタリティに富んだ野性的な美しさは、かれの顧るところではなかった。

これはもとより、かれ独自の美意識ではなかった。定家の美意識の大部分は、俊成のそれに負うている。俊成は王朝的な美、『源氏物語』の世界を支配する美——それが「艶」である——を美の理想とし、卑俗なもの、恐ろしいものを極力排斥した。それは俊成の判した歌合の判詞、ことに『六百番歌合』などに明らかである。定家はそれを継承し、さらに端正な美しさ、格調の高さを強調しているのである。

そのようなかれが、『近代秀歌』の和歌史的叙述の部分で、古六歌仙を理想とし、経信より俊成に至る六人を先達と仰いだのは、当然であったし、「ことばゝふるきをしたひ」「をよばぬたかきすがたをねがひて、寛平以往の哥にならう」ことを志向するのは、必然であった。

実は、三代集を成立せしめた平安初期の時代社会も、秩序はうわべだけで、一皮むけば生々しい人々の欲望の渦巻くものであったであろう。「色好み」たちの恋には冒険がつきものだった。その行動はやはり一種野性的な美しさを湛えていたはずである。業平や光源氏の物語の浪漫的な美しさは、それと無関係ではないであろう。

俟成や定家は、そういった浪漫的な世界を憧憬しつつ、自身はそのような果敢な行動に出るべくもなかった。現実には何ら行動することなく、専ら観念的に三代集の、『伊勢』や『源氏』の浪漫の時代を志向し、そこに自らの作物の規範を求めた。かれらの芸術が古典主義たる所以である。

このような古典主義は、昨今はあまりはやっていないようである。流動してやまない現代社会にとって、それはあまりにも静的な文学・芸術の在り方である。けれども、大体において、言葉はそのような社会の流動を、それほど的確に把捉しうるものであろうか。正確さからいっても、映像その他感覚的な把握の方がはるかに有効なのではないか。流動の相を捉えようとすれば、言葉は絶えず新造されねばならないであろう。新しい言葉は刻々と古くなる。流行語はたちまちに廃語と化す。新奇な言葉を追い求める行為は、逃げ水を追うようなものであろう。そのような新奇な言葉に詩歌の生命を托すことは、はかないことである。

言葉が文学者の唯一の表現手段であることは、すべての文学者にとって自明のことである。しかも、かれらはいつしか、この手段を目的にすり替えてしまっていることがある。目的がはっきりしなくなったときに、手段を目的に置き換えたいという誘惑に負けてしまうのであろう。事実、そのような例は、和歌史に限っても少なくないようである。鎌倉時代の初め、定家の子為家に対立した藤原光俊（真観）や同知家（蓮性）一派の古風もそうであろうし、近代短歌の諸派の主唱する歌風にも、そういう傾向が絶無とはいえないであろう。

定家の理想とする古語が、現代の歌人たちの言葉でありえないことは、いうまでもないが、言葉を過信し、いつしかこれを目的化している態度に反省を求める意味において、『近代秀歌』での第一の主張には、やはり聴くべきものがあると思う。

第二の、同時代の作者乃至は近い時代の歌人の作品の模倣を極力避けよという戒めも、『詠歌之大概』で、

近代之人所二詠出《ミセル》一之心詞、雖《モ》レ為《リト》二一句一謹《ソデ》可《シ》レ除《キ》二棄《ツ》之《ヲ》一、（七、八十年以来之人《ノ》歌《ニ》所二詠出《ミセル》一之詞、努々《(ゆめゆめ)》不レ可《カラ》レ取《リ》二用《キル》之《ヲ》一）

と具体的に説かれている。

これもまた、若いときから定家の努めてきたことであった。そのような努力を、父俊成は『正治仮名奏状』において、

定家は、かつはすがたをかへ、詞づかひいひちらし、ふる歌によみ合候はじとおもしろくつかまつり候を、

と高く評価している。定家は、自身このような努力を続けてきたので、他人に対してもこの点では特に厳しかったらしい。それはかれの歌合判詞に窺われるし、『八雲御抄』にも家隆の秀句的な表現を直ちに模倣した雅経のことを非難した話が語られている。中世歌論で悪名高い為家の制詞の考えも、もともとはここに胚胎するのである。

定家は先輩を尊敬する点においては、人後に落ちなかった。同時代人でも、たとえば家隆のごときを畏友として敬重した。尊重はするが、かれはそれら先輩や同輩の心詞になずもうとはしなかった。なずむことは常にそれらの作物の下位に立つこと、ついにそれらを超越できないということを約束するからである。

定家の表現は、かれの人となりを反映するかのように、潔癖である。現代に生きるわれわれは、同時代に対してもっと妥協的でないことにはやってゆけない。かれが「紅旗征戎非《ハズ》二吾《ガ》事《ニ》一」と宣言したところで結局はあの時代の転換期から遁れられなかったように、われわれは滔々たる物質文明の高波、現に人間が機械に振り廻され、諸々の害悪に喘いでいる現代から遁れることはできないのである。

しかし、あのような時代に生きたからこそ定家の歌が生まれ、またこのような時代に生きるからこそわれわれも文学を求めるのであってみれば、われわれは使い捨て的な現代マスプロ社会の風潮に、無抵抗に押し流されることなく、文学の本質という、この上なく野暮ったい問題に、常に立ち帰って考えてみる必要があるのではないか。そして、文学とは己の内なるものへの自問に出発するということを確かめれば、ひたすら自己の美意識のみに忠実であろうとした定家のリゴリズムを、「和歌無《ハシ》二師匠一」といい放ったかれの気概を、文学者精神の現われであると認めることもできるのではないであろうか。

(1) ともに風巻景次郎『日本文学史の研究』上所収。
(2) 同書、三四四ページ。
(3) 島津忠夫「定家歌論の一考察——近代秀歌をめぐって——」(『国語と国文学』昭和三九年二月)。
(4) なお、福田秀一氏は、作歌上の教えを説いた部分を、「主として創作技法(その中心は本歌取論)を述べた後半」と捉えておられるが(「近代秀歌覚書—主としてその和歌史観について—」『文学・語学』五三号、昭和四四年九月)、私は前述のごとく、技法というよりも原理的な言い方がこの部分の中心をなすと考える。もちろん、本歌取についての具体的な教えはあるが、それも原理に付帯した言い方にとどまっていると思う。

式子内親王

——その生涯と作品

一

平安末期の儒者大外記清原頼業が九条兼実に語った、通憲入道信西の後白河法皇評は痛烈である。

> 先年通憲法師語つて云はく、当今《とうぎん》（法皇を謂ふなり）、和漢の間比類少き暗君なり。謀叛の臣傍に在るも、一切覚悟の御心無く、人之を悟らせ奉ると雖も、猶以て覚らざるごとし。此の如き愚昧、古今未だ聞かざるものなり。但し、其の徳二有り。若し叡心果し遂げんと欲する事有らば、敢へて人の制法に拘らず、必ず之を遂ぐ。（此の条賢主においては大失と為す。今愚暗の余り、之を以て徳と為す。）次に、自ら聞食《きこしめ》す所の事、殊に御忘却無く、年月遷ると雖も、心底に忘れ給はず。此の両事徳と為すと云々、（『玉葉』寿永三年三月十六日の条、原漢文）

後白河院が帝王の器ではなかったという見方は、兼実の弟である慈円の『愚管抄』にも見えている。近衛天皇の崩後、父鳥羽法皇はだれを帝位に即けるか思い悩んだ。四宮（雅仁親王、すなわち後白河院）は待賢門院璋子を生母とし、先に鳥羽法皇の意志によって、心ならずも近衛天皇に譲位させられた、同母兄の新院（崇徳院）と同居していたが、「イタクサタヾシク御アソビナドアリトテ、即位ノ御器量ニハアラズトヲボシメシテ」（ひどく評判になるほど遊芸などをされるというので、天皇になる器ではないとお考えになって）、法皇は、近衛天皇の姉八条院暲子内親王を女帝として立てるか、新院の一宮重仁親王か、孫王に当たる雅仁親王の御子（のちに、二条天皇）を位に即けるかなどと、いろいろ考えあぐんだ末、兼実や慈円の父である法性寺忠通にはかった。すると、忠通は何度か答申をしぶったのち、「親王で二十九になっておられる四宮がいらっしゃる以上、この方を位にお即けしてからお考えになったらよろしいでしょう」と奏したので、法皇はそれに従ったというのである。こうして、雅仁親王の即位は実現したが、鳥羽法皇の崩御とともに、内裏側と新院側との間に「主上上皇の国争ひ」と呼ばれる保元の乱が、起こるべくして起こったのは、あまりにも有名な歴史的事実である。そしてまた、この内乱が日本歴史の上で、社会全体が新しい段階にはいったことを示す象徴的な事件であったことも、今さらいうまでもない。

この内乱を体験した後白河天皇は在位わずか四年で、かつてすでに帝位継承の候補に上ったことのある第一皇子守仁親王に譲位し、自らは以後三十余年の長きにわたって院政を執った。帝位の上では、近衛天皇から二条天皇への中継ぎの役割を果したことになる（それはおそらく、鳥羽法皇の寵妃美福門院得子の構想にある程度沿ったものであったであろう）。日本一の大天狗呼ばわりをされかねない後白河院の人となり、そしてまたその帝王としての立場はこのようなものであった。その姫宮である式子内親王の人間像や作品を考える際には、この程度のことを念頭に入れておくことも、必ずしもむだではないであろう。

二

式子内親王の生母は、正二位権大納言に至った、藤原氏閑院の一族に属する季成の女で、高倉三位と呼ばれている従三位成子である。母系には、権中納言公光のような、いろいろな点で内親王の生涯に影響していると思われる叔父（または伯父）がいる。後白河院の生母待賢門院璋子は、季成の父公実の女であるから、院と成子とは従兄妹の間柄でもあった。

高倉三位は院に愛されたのであろう。彼女を母とする院の御子は、殷富門院亮子・好子内親王・守覚法親王・以仁王・式子内親王・休子内親王と、すべてで六人を数える。式子内親王は、中山忠親の日記『山槐記』の記事(1)により「院第三女」であると知られるのみで、その生年はわからない。それを割り出すためには、右にあげた同腹の御子の出生年から調べてゆく必要がある。同胞にも生年未詳の人がいたりしてその段階にも仮定がはいるが、その推考の結果だけを述べれば、式子内親王の誕生が仁平二年（一一五二）を遡る可能性はなさそうである。仁平二年だと、守覚法親王・以仁王と三人続く年児になる。同三年とすれば、父院（当時は雅仁親王）が二十七歳のときの姫君ということになる。もう一年下げて、久寿元年（一一五四）出生説もある。ただ、あまり引き下げると斎院へト定されたときに幼なすぎる結果になるので、仁平の末から久寿の初め頃の誕生と仮定しておくのが適当であろう。

平治元年（一一五九）閏五月、斎院怡子内親王（三宮輔仁親王の姫君）は病により退下した。その結果、同年十月二十五日式子内親王が三十一代の斎院に卜定されたのである。そして、嘉応元年（一一六九）七月二十六日やはり病悩のために退下するまで、十一年斎院に在った。式子内親王のときの斎院には、「別当」や「大納言」の女房名をもつ藤原俊成の女子たちが奉仕していた。嘉応元年の退下以前のこととして、「中将」という斎院の女房と建礼門院右京大夫との間に交された贈答歌が『建礼門院右京大夫集』に見えているが、この女性も俊成にゆかりがあるかもしれない。いずれにせよ、俊成との関わり合いはかなり以前から存したのである。

右京大夫は源平争乱のさなかに愛する者を失って悲傷の底に突き落とされた女性であったが、歴史の転換期のあおりは、内親王も受けずにはすまなかった。治承四年（一一八〇）五月には、源三位頼政に勧められて平家討伐の兵を挙げた同母兄以仁王が、宇治の戦いで流れ矢に当たって死した（なお、これ以前、治承元年三月に兄妹の母高倉三位は歿している）。以後、打ち続く兵革の騒ぎを内親王がどのような気持で聞いたか、それを物語る材料はない。ただ、作品を包む憂愁の深さから、暗い時代の影響がいかに深刻であったかは十分思いやられるのである。戦火が収った文治元年（一一八五）八月、内親王は准三宮の待遇を受けるようになった(2)。

建久三年（一一九二）三月十三日、父後白河法皇が六条院において六十六歳で崩じた。内親王は、斎院を退下後は、院の御所である法住寺殿の北殿、萱御所と呼ばれる所に住んでいたので、萱斎院と呼ばれることもあるのであるが、院の崩後二ヵ月足らずの五月初め、遺産相続に伴って、大炊御門殿への引越し問題がもち上がっている。これより以前の文治四年八月、この建物は法皇の特別の厚意によって、九条兼実へ貸与されていたのである。(3) そして、八条院暲子内親王や春華門院昇子内親王もこの建物の一角に同居していたらしい。式子内親王はそこに移り住むことになったのであろう。大炊御門斎院の称は、この御所に基づくのである。ほかに、「小斎院」という呼び方があるが、あるいは大斎院選子内親王に対するものであろうか。

建久五年六月に、内親王は異腹の弟宮である道法法親王より十八道を受けている。その事実よりこのころ出家したと、従来考えられていたが、本位田重美氏が指摘されたように、後白河法皇の崩御以前に既に落飾していたと考えるべきであろう。(4) その法名を承如法という。その後のことであろうが、内親王は法然上人(源空)より受戒しているようである。(5) 法然に「聖如房」宛ての消息があるが、この「聖如房」は、法名を承如法とする式子内親王であると考えられるに至った。法然の宗教的姿勢を考える際に問題になることであるが、かれは兼実のような貴顕の人に対しても、請われれば授戒をしていたのである。

建久七、八年に、奇怪な事件が起こった。参議藤原公時の家人蔵人大夫橘兼仲なる男の妻に亡き後白河院の霊が憑いて、「我レ祝ヘ。社ツクリ、国ヨセヨ」などといい出したのである(『愚管抄』第六)。これは謀計であるというので、兼仲夫妻は引き分けられて流罪されたが、『皇帝紀抄』によれば、式子内親王もこの事件に「同意」していたので、洛外へ追放する由の沙汰があったが、取り止めになったというのである。内親王の連座を記すのは『皇帝紀抄』のみであるが、あながち無根のこととのみは片づけられないであろう。

内親王の崩を明らかに伝える文献はない。『源家長日記』に、

ひと歳前斎院はかなくならせ給ひしことは言へばおろかなり。数の添ひゆくにつけても道の陵遅なれば、心まうけのみぞ覚ゆる。斎院亡せさせ給ひにし前の年、百首の歌奉らせ給へりしに、「軒端の梅も我を忘るな」と侍りしか。大炊殿の梅の次の年の春心地よげに咲きたりしに、「今年ばかりは」[6]とひとりごたれ侍りし。

とあるので、『正治二年院初度百首』が詠進された翌年の建仁元年(一二〇一)であることは明らかで、藤原定家の『明月記』の後日の記事より、同年正月二十五日であったかと推定されている。

生歿とも曖昧で、その生涯も暗いもやの中に包まれている、そしてただ、その作品だけが清冽な美しさを湛えている、そういう作家が式子内親王である。

(1)『山槐記』永暦二年(応保元年＝一一六一)四月十六日の条に「今日初斎院(院第三女、母儀三品季子、高倉局是也)禊東河入ヨ御ノ紫野ノ院ニ一(所謂一条以北本院也)日也」とある。母の名を「成子」でなく「季子」とするが、あるいはこのほうが正しいか。

(2) 尾張悦子「式子内親王の准三宮宣下について」(『立教大学日本文学』第一六号、昭和四一年六月)参照。

（3）『玉葉』文治四年八月四日の条、同建久三年五月一日の条参照。

（4）国島章江「式子内親王集——形態と成立について——」（『国語と国文学』昭和三五年七月）、日本古典文学大系『平安鎌倉私家集』補注五七五ページ、および本位田重美「式子内親王」（『和歌文学講座』第七巻、昭和四五年七月）参照。

（5）田村円澄『法然』（人物叢書、昭和三四年一二月）二一三ページ所引、岸信宏氏研究（『仏教文化研究』五）。

（6）『古今集』哀傷・八三二、上野岑雄の、「深草の野辺の桜し心あらば今年ばかりは墨染に咲け」を引く。「軒端の梅も」は内親王の作。二三五ページ参照。

三

単に内親王の秀作を鑑賞するというのであれば、勅撰集に取られた百五十六首を見るだけである程度目的は達せられるであろうが、その作品世界を深く考える際に中心となるものは、やはり家集である。家集は『式子内親王（御）集』、『前斎院御集』、『萱斎院御集』などと呼ばれ、写本のほか、江戸時代の板本も何種か存する。活字本には、『続国歌大観』のほか『校註国歌大系』（第十四巻近古諸家集）・『日本古典全書』（中古三女歌人集）・『日本古典文学大系』（平安鎌倉私家集）・『古典文庫』（『守覚法親王集』と合）等所収のものがあるが、『日本古典文学大系』本は底本によい系統の写本を採用し、注も豊富である。

家集の主要部分は百首歌三篇であり、これに勅撰集に収められながら前の三百首に含まれていない作品を附加した、いわゆる他撰家集で、古典大系本によれば三百七十三首を数える。それでも勅撰集よりの拾遺が五首あり、さらに『玄玉集』・『雲葉集』・『夫木抄』といった私撰集や『三百六十番歌合』に見出される作計二十二首がこれに加わる。古典大系本はこれをも添えてあるが、以上のほか、『桂宮本叢書』所収『長秋草』(『五社百首』の異本)に見出される、俊成との贈答歌は、[1]『源氏物語』や『長恨歌』の心を取った作風の上でも注目に値するものである。これは建久四年(一一九三)二月、美福門院加賀(俊成の妻で定家の生母)が亡くなったことを聞いた内親王が俊成へ詠み送った弔歌で、十一首録されている。これらを合わせると、現在伝わる内親王の作品は四百十余首を数えることになる。

(1) 寺本直彦『源氏物語受容史論考』三九ページ参照。

四

内親王の作品は、比較的初期のものをも含む『千載集』入集歌において、すでに秀抜なものを示している。

ながむれば思ひやるべき方ぞなき春の限りの夕暮の空　(『家集』三〇一、『千載』春下・一二四)

「三月のつごもりごろ詠み侍りける」という詞書によると、ゆく春を惜しんだ作であると知られるが、しかし、単なる惜春以上のあえかな、しかし深い歎息がそこに感じられないであろうか。この一見平明な作品も、実はこのころから盛んになり出した本歌取の技法によっているものと思われる。その本歌と考えられるものは、『後撰集』の読人知らずの作、

惜しめども春の限りの今日のまた夕暮にさへなりにけるかな　（春下・一四一）

である。そして、この本歌は『伊勢物語』九十一段では、「むかし、月日のゆくをさへ歎くをとこ」が、「三月つごもりがたに」詠んだものと歌物語化されているものでもある。『伊勢』での「をとこ」の歎きは恋の歎きであったが、「月日のゆくをさへ歎く」というところに、刻々と失われてゆく時の流れを自覚したときのはかないという実感が色濃く滲み出ている。本歌のそのような実感は、内親王のこの作にも移し入れられていると見なければならない。しかも、本歌にはない「ながむ」という語が用いられていることも注目される。この語は内親王によってしばしば用いられた語であった。

ながめつる今日は昔になりぬとも軒端の梅よ我を忘るな　（『家集』二〇九、『新古今』春上・五二）

花は散りてその色となくながむればむなしき空に春雨ぞ降る　（『家集』二一九、『新古今』春下・一四九）

暮れてゆく春の名残をながむれば霞の奥に有明の月　（『家集』一一八、『玉葉』春下・二八六）

それながら昔にもあらぬ月影にいとどながめをしづのをだまき　（『家集』五三、『新古今』秋上・三六八）

ながめわびぬ秋よりほかの宿もがな野にも山にも月や澄むらむ

（『家集』二四八、『新古今』秋上・三八〇）

ふくるまでながむればこそ悲しけれ思ひも入れじ山の端の月

（『新古今』秋上・四一七、『家集』不見）

さびしさは宿の習ひを木の葉敷く霜の上にもながめつるかな

（『家集』五九、『玉葉』冬・九〇〇）

「ながむ」は、小野小町・和泉式部などの女流歌人の基本的姿勢を示す語であった。その意味からも、内親王は中世初期においてもっともまっすぐに女流歌人の伝統を受け継いだ歌人であったといえるであろう。

はかなしや枕定めぬうたた寝にほのかにまよふ夢の通ひ路　（『家集』三〇五、『千載』恋一・六七六）

これも、早く北村季吟『八代集抄』で指摘するように、

宵々に枕定めん方もなしいかに寝し夜か夢に見えけん

（『古今』恋一・五一六）

の本歌取である。本歌はおそらく恋人の来訪を待ちわびる女の立場での、いわゆる女歌であろう。それをほぼそのまま受けながら、「枕定めん方もなし」という、やや奔放な感じのする表現を「枕定めぬうたた寝」としたところに、言語感覚の細やかさを思わせる。「うたたね」は、これまた早く小町の名吟、

うたたねに恋しき人を見てしより夢てふものは頼みそめてき

（『古今』恋二・五五三）

に現われ、『源氏物語』などを通して、艶《えん》なものとされてきた。内親王はこの語を少なからず用いている。

袖の上に垣根の梅は訪れて枕に消ゆるうたたねの夢 （『家集』二〇八、『新後拾遺』春上・五一）
夢の内もうつろふ花に風吹きてしづ心なき春のうたたね （『家集』二一六、『続古今』春下・一四七）
小夜深み岩もる水の音さえて涼しくなりぬうたたねの床 （『家集』二三三、『玉葉』夏・四四二）
窓近き竹の葉すさぶ風の音にいとど短かきうたたねの夢 （『家集』三一四、『新古今』夏・二五六）
みじか夜の窓の呉竹うちなびきほのかに通ふうたたねの秋 （『家集』三二）
うたたねの朝けの袖に変るなり鳴らす扇の秋の初風 （『家集』二三七、『新古今』秋上・三〇八）

これらは四季の歌でのうたたねで、前の作とは異なり、それらのすべてを艶な気分のものと解するのは当らないようであるが、「袖の上に……」、「夢の内も……」等の作でのうたたねの夢は、優艶なものであることを想像させるに十分である。そしてまた、爽涼感を歌う「小夜深み……」、「窓近き……」、「うたたねの……」等にも、はかなさ・やるせなさが基調として、ないしは背景としてあることはいなめない。そのようなことから、この語もまた、前引のうたたねの歌にもしばしば見出された「夢」などとともに、内親王の作品世界を語る際に、一つの指標をなす言葉と見なすことは不当ではない。

袖の色は人の問ふまでなりもせよ深き思ひを君し頼まば （『家集』三〇六、『千載』恋二・七四四）

これもやはり季吟が指摘しているように、名歌説話の上では著名な、『天徳内裏歌合』で、「忍恋」

の心を詠んだ兼盛の、

忍ぶれど色に出でにけり我が恋はものや思ふと人の問ふまで
（『拾遺』恋一・六二二）

を念頭に置かなくては、解しえない作である。たとえ、恋の悲しみのために流す紅涙（血の涙）で袖が染まってしまい、その結果、人が恋の懊悩をしているのかと尋ねるまでになっても（すなわち、他人に知られてしまっても）かまわない、この私の深い思いをあなたがまことのものと信じてくれさえすれば……というのが一首の意で、「忍恋」が忍んでいることの極限に達しようとしているときの心理状態を捉えたものである。同じような状況は、代表作の、

玉の緒よ絶えなば絶えね永へば忍ぶることの弱りもぞする
（『新古今』恋一・一〇三四）

でも扱われているが、「袖の色は……」がこちらの恋情を相手が受け留めてくれることを訴えているところに、まだ切迫していない不徹底さを残しているのに対し、こちらは「玉の緒よ絶えなば絶えね」（わが命よ、いっそ絶えるならば絶えてしまえ）の句に、自棄的な悲愴な響きがあって、それがこの作を比類なく美しいものとしている。

同じく、生命を脅かすまでの恋心は、

我が恋は逢ふにもかへずよしなくて命ばかりの絶えや果てなん
（『家集』一七七）

とも歌われている。これはおそらく紀友則の、

命やは何ぞは露のあだものをあふにしかへば惜しからなくに
（『古今』恋二・六一五）

の歌を踏まえた作であろう。なお、「逢ふにしかへば」という句は、『伊勢物語』の、

思ふには忍ぶることぞ負けにける逢ふにしかへばさもあらばあれ

にも見出された。いずれの場合も、愛する者と逢えるのならば露命などはどうなってもいい、または身の破滅を招いてもかまわない（そして、『伊勢』では実際にお互いの身の破滅となるのであるが）という、恋する者の情熱を歌ったものである。それに対して、内親王の作は結局逢うことができないままにこがれ死にをするのであろうかというのであるから、あわれである。

万の事も、始め終りこそをかしけれ。男女の情も、ひとへに逢ひ見るをばいふものかは。逢はで止みにし憂さを思ひ、あだなる契りをかこち、長き夜をひとり明し、遠き雲井を思ひやり、浅茅が宿に昔を偲ぶこそ、色好むとはいはめ。

とは、『徒然草』の中でも有名な、「花はさかりに……」という趣味論の一節である。これは平安から中世にかけておびただしく詠まれた恋歌の本質を説明するのには都合のよいものであるが、内親王の恋歌について考えてみると、兼好の趣味的な恋愛観――それはおそらく、王朝や中世の貴族たちの間でかなり普遍性を持ったものだったであろう――とも異なった、あるかたよりが見出されるようである。「ひとへに逢ひ見る」ことはほとんど扱われない。逢わないから、「浅茅が宿に昔を偲ぶ」ことも、まずない。内親王の恋歌は、その大部分が、恋の初め、忍ぶ恋、相手にさえ知られないままに内攻する恋などであって、それ以上に進むことはまれである。

君ゆゑや始めも果ても限りなき憂き世をめぐる身ともなりなん

（『家集』三六七、『新千載』恋一・一〇三四）

とも歌っているが、初めはともかく、終りはないのである。充足の喜びやそれに伴う弛緩などはなく、忍ぶ段階において、先の「玉の緒よ……」のように危機的な形で極点に達する高まりを示し、ついに逢うことなくて死ぬのかと歎き、やがて時間の経過とともに、

つらしともあはれともまづ忘られぬ月日いくたびめぐり来ぬらん

（『家集』八四）

忘れてはうち歎かるる夕かな我のみ知りて過ぐる月日を

（『家集』三一九、『新古今』恋一・一〇三五）

のような、倦怠と歎老とに流れてゆくという形を採る。

かなりの年月にわたっての斎院生活、そしてその後も内親王であるという高貴さは、なま身の一女性である式子内親王の感情生活を強く拘束する、いわば注連縄であったであろう。そのような環境の中で、人を恋うる心が芽生えたならば、その恋慕の情は、今まで見てきたように、鬱屈し内攻しつつ、その中で高まり、燃焼せずにはおかなかったであろう。

中世の人は、式子内親王を愛慕した男性として、新古今時代の巨匠、京極中納言定家を想定した。謡曲「定家」は、定家の妄念が定家葛となって内親王の墓石にまつわりつき、繋縛している愛の妄執をテーマとしている。

シテ詞　式子内親王始めは賀茂の斎きの院にそなはり給ひ、程なく下り居させ給ひしに定家の卿忍び忍びのおん契り浅からず、その後式子内親王程なく空しくなり給ひしに、定家の執心葛となつて、おん墓に這ひ纏ひて互の苦しみ離れやらず、……

これを謡曲作者の取るに足りない創作として問題にしない立場の一方では、年齢的にいって、定家はむしろ内親王に愛された側ではないかとする見方や、少なくとも精神的にはお互いに通い合うものがあったであろうということを積極的に主張する立場がある。とくに、待井新一氏は、『定家小本』の初めに定家が自筆で、

秋の夜のをぐらの山のしぐるゝはしかのたちどやもみぢしぬらん
嘉応元年七月廿四日
戊寅天晴
賀茂斎内親王卅一式子退出依ル二御悩ニ一

と記していることを手懸りに、定家の内親王への慕情を立証しようとされた(1)。天才が天才を知るの類で、作品への傾倒が恋心へと転化してゆくことはありそうでもあるが、定家の性格や社会的地位を考えると、そのような感情に果して進みえたかどうか、疑問が残らないでもない。結局、現在知られている資料の範囲内では、定家が有数の歌人として尊敬する以外に、はたして、女性として内親王を愛慕したか、また、内親王も定家を男性として恋うことがあったか、何とも断定できない。

が、そのような想像を後人に起こさせるほど、内親王の恋歌は惻々と訴えるものをもっている。その相手が定家であったかどうかは別として、内親王はやはり恋を知っていたのであろう。そして、それは当然不毛の恋に終わったのであろう。恋の秀歌は、やはり痛ましく悲しい現実生活の代償としてえられたものであった。

(1) 待井新一「『定家小本』私考(上)」(『国語と国文学』昭和三五年一二月)参照。引用文の濁点・返り点、送り仮名等は私に付した。

五

斧の柄の朽ちし昔は遠けれどありしにもあらぬ世をも経るかな

(『家集』三二五、『新古今』雑中・一六七〇)

この作には、「後白河院隠れさせ給ひて後、百首歌に」という詞書がある。すなわち、建久三年(一一九二)三月以降の作であるが、それ以上詳しいことはわからない。友則の、

古里は見しごともあらず斧の柄の朽ちし所ぞ恋しかりける

(『古今』雑下・九九一)

を本歌として、仙郷によそえられることの多い仙洞、すなわち父上皇の崩後、すっかり変わってしまった境遇を歎いた作である。保護者を失った姫宮の落魄ぶりは、しばしば作り物語の題材とされている。それは、そのような現実が少なくなかったからであろう。式子内親王の場合、父院の崩御

が直ちに生活を脅かすに至ったかどうかはわからない。が、少なくとも、それまでは院の存在を憚っていた、内親王に対する世間の目や口が、ないがしろなぶしつけなものとなってくることは十分考えられる。それに対し、内親王やその周辺の人々が、「ありしにもあらぬ世をも経る」という感じを抱き、院在世のころを懐しむことは当然であろう。そのようなときに兼仲夫妻の陰謀のごとき事件が起これば、結果的に内親王がそれに関っているように受け取られやすいことは明らかである。『皇帝紀抄』に伝える右の事件への内親王の連座というのも、その実情はこの程度のものだったのではないであろうか。

この事件が内親王の心を傷つけたことは、想像以上であったであろう。『新古今集』の冒頭近くを飾る、

山深み春とも知らぬ松の戸に絶えだえかかる雪の玉水　（『家集』二〇三、『新古今』春上・三）

という秀逸は、その清澄な美しさのゆえに多くの人に激賞され、寂しさの裡に春の訪れへの喜びが感ぜられるという鑑賞がなされることもある。けれども、この作に見出される「松の戸」という語は、単なる山居の寂寥さを示す素材としてのみ用いられたとは考え難い。

山深くやがて閉ぢにし松の戸にただ有明の月やもりけん　（『家集』九二）

秋こそあれ人は尋ねぬ松の戸をいく重も閉ぢよ蔦のもみぢ葉　（『新勅撰』秋下・三四五、『家集』不見）

などの内親王自身の他の作品や、

　　陵園妾の心を詠める　　　　　　　　　　　　　　　　　　　　　　登蓮法師

　松の戸を鎖《さ》して帰りし夕よりあくるめもなく物をこそ思へ(1)　　　　　（『続詞花』雑中）

　　　　　　　　　　　　　　　　　　　　　　　　　　　　　　　　　光　行

松の戸に独りながめし昔さへ思ひ知らるるありあけの月

右歌、「昔思ひ知らるる」といへる、これは文集の陵園妾を思へるなるべし。但し、「松門到暁月徘徊」とぞいへれば、松の門とぞ見えたる。されど、松の戸といはんも深き難にはあらざるべし。(2)

　　　　　　　　　　　　　　（建久六年正月廿日民部卿家歌合・暁月・二十番右）

　楽府を題にて歌詠み侍りけるに、陵園妾の心を詠める　　　　　　　源　光行

閉ぢはつる深山の奥の松の戸をうらやましくも出づる月かな　　　　（『新勅撰』雑一・一〇九三）

　松門到暁月徘徊といふことを詠める　　　　　　　　　　　　　　　和気種成朝臣

松の戸の明方近き山の端に入らでやすらふ秋の夜の月　　　　　　　（『続拾遺』雑秋・六〇七）

など、ほぼ同時代の歌人の作品より帰納して、「松の戸」は、『白氏文集』巻四にある「陵園妾」中の、「松門到《ルマデ》レ暁《ニ》月徘徊」に基づく典拠ある表現であることはほぼ確かである。この詩は、表題の下に、「憐《レム》ニ幽閉《ヲ》一也」との注記があり、讒言によって御陵の番人として幽閉された官女を憐れんだ楽府体の詩である。(3) 登蓮や光行の作品の存在によって、直ちにこの詩の世界を想い起こさせる「松の戸」の句を、再三あえて採り用いている内親王には、自らの境遇を讒を得て幽居を余儀なく

された陵園妾によそえようとする意識が働いていると見てよいのではないであろうか。

「山深み……」の歌は、内親王としては最晩年の『正治二年院初度百首』における作である。事件の悲しみも薄らいでいたかも知れない。けれども、同じ百首で詠まれた、

今は我松の柱の杉の庵に閉づべきものを苔深き袖（『家集』二八七、『新古今』雑中・一六六三）

身の憂さを思ひ砕けばしののめの霧間にむせぶ鴫の羽搔き（『家集』二九三）

はかなしや風に漂ふ波の上に鳰の浮巣のさても世に経る（『家集』二九四、『新千載』雑上・一八二四）

などの諸作の存在を考えると、やはり幽居の憂愁は揺曳していると思われる。作者は、長い冬にも似た幽居の孤独さを、声を大にして訴えようとはしない。「春とも知らぬ松の戸」という抑えられた表現の裡に、その寂寥や悲しみを凝集している。凝集されているだけに、作者の精神的な傷痕がいかに深かったかも察せられるのである。

ここでも、秀逸は悲境に沈んだ作者の精神的昇華の結果として生まれたのであった。

（1）この作は、『今撰集』・『治承三十六人歌合』・『夫木抄』等にも見え、相互の異文は甚だしい。『続詞花集』によって引くが、「あけるめもなく」を「あくるめもなく」と改めた。

（2）判詞中の詩句の引用、「松門暁到……」とあるのを「松門到暁……」と改めた。この歌合の判者は俊成である。

（3）和歌に取られることの多い部分とその前後を掲げておく。

憶ふ昔宮中妬猜《とさい》せられ、
讒に因つて罪を得、陵に配せられて来りしを。
老母啼呼して車を趁《お》うて別れ、
中官監送して門を鏁《とざ》して廻《かへ》る。
山宮一たび閉されて開く日無く、
未だ死せずんば此の身出でしめず。
松門暁に到るまで月徘徊、
柏城尽日風蕭瑟《せうしつ》。
松門柏城幽閉深く、
蟬を聞き燕を聴いて光陰を感ず。
眼菊蘂を看れば重陽の涙あり、
手に梨花を把れば寒食の心あり。
花を把り涙を掩ふも人の見る無く、
緑蕪《りよくぶ》の墻は遶《めぐ》る青苔の院。

（原漢文）

六

式子内親王の和歌については、「山深み……」の歌でわずかにその一例を見た漢詩文との関係、それに『源氏物語』など物語との関係（この両者は重層していることもある）など、なおいうべきことは少なくないが、今はその余裕が無い。そこで、内親王の作品を同時代人がどのように受け止めたか、二、三の例をあげて、かれらの内親王に対する傾倒ぶりを確かめる一助として、終ろうと思う。建仁元年、内親王の亡くなった年に詠まれた定家・家隆・良経らの作を見ると、発想や措辞において、式子内親王の名歌に通ずるものが少なからず見出される。まず、定家の『千五百番歌合』での作品を見ると、

葵草仮寝の野辺にほととぎすあかつきかけて誰を問ふらん　（『家集』二三、『新古今』夏・一八二）

という作がある。これは、その後に詠んだ、

思ひやる仮寝の野辺の葵草君を心に懸くる今日かな

とともに、内親王の、

忘れめや葵を草に引き結び仮寝の野辺の露のあけぼの

に通うのである。また、やはり『千五百番歌合』での、

片敷きの床のさむしろ凍る夜に降りかしくらん峯の白雪

は、内親王の、『正治二年院初度百首』での、

さむしろの夜半《よは》の衣手冴え冴えて初雪白し岡の辺の松　（『家集』二六四、『新古今』冬六六二）

と同じ歌境である。

片糸の逢ふとはなしに玉の緒の絶えぬばかりぞ思ひみだるる

が、かの「玉の緒よ……」を思わせることはいうまでもない。

これは定家に限ったことではない。同じ『千五百番歌合』で、良経は、

千度《ちたび》打つ砧《きぬた》の音を数へても夜を長月のほどぞ知らるる

と詠んでいるが、これは偶然とするにはあまりにも内親王の、

千度打つ砧の音に夢覚めて物思ふ袖に露ぞ砕くる　（『家集』三一五、『新古今』秋下・四八四）

と句の運びが似ていすぎる。同じときに、

霜埋む刈田の木の葉踏みしだきむれゐる雁《かり》も秋を恋ふらし

とも詠んでいるが、「刈田」と「霜」との結合は、内親王の、

旅衣伏見の里の朝ぼらけ刈田の霜にたづぞ鳴くなる　（『家集』一六三、『玉葉』冬・九三三）

に見られた。

『千五百番歌合』の前に『老若五十首歌合』が行なわれているが、家隆のこのときの作に、

炭がまの峯の煙に雲凝《こ》りて雪げになりぬ大原の里

というのがある。これも内親王の『正治百首』における作、

日数経る雪げにまさる炭がまの煙もさびし大原の里　（『家集』二六八、『新古今』冬・六九〇）

と通うところが多い。

和歌の素材はある程度限られているから、しばしば偶然の一致は起こりうる。けれども、以上の

ような例は、これらが建仁元年ごろの詠であるという事実とともに、お互いに支えあって、内親王の作品が、かれらの間に滲透していたことを物語るものである。本歌取では、同時代人の作品を取ることは容認されない。それゆえに、これらは本歌取ではなく、傾倒のあまりの影響作と見られるのである。同じような現象は西行についても認められる。新古今時代の推進者たちは、俊成・西行とともに、式子内親王をも、先達として仰いだのであった。実はそれは、『新古今集』における、女性歌人として最高の四十九首の入集という数字からだけでも明らかであるといえよう。

　式子内親王の生涯は、寂しく悲しいものであった。しかし、というよりはそれゆえに、その作品は比類のない美しさを秘めている。人間として生きることの寂しさや悲しさを知らない幸福な心には、畢竟その美しさは無縁のものなのである。

〔付記〕『式子内親王集』（『家集』と略記）の歌番号は、「日本古典文学大系」本のそれによった。ただし、本文の表記は私意による。

あとがき

この十年間、いろいろな機会に発表した文章のうち、中世文学全体に関わる問題をとり扱ったものを中心とする一一篇を、一冊にまとめた。三部から成るが、Ⅰは中世文学一般、Ⅱは散文、Ⅲは詩歌についての論という程度の、おおまかな目安によったまでである。

諸篇の原題ならびに発表の場や年月は、次の通りである。

Ⅰ

中世文学史への試み

「日本文学史（八―一三）中世文学史Ⅰ―Ⅵ」『日本史の研究』47―52輯、昭和三九年一二月―四一年二月

中世文学の成立

同　題『日本文学』15巻1号、昭和四一年一月

転換期の文学　『平家物語』と歴史

「歴史の転換期と文学＝源平争乱」『国文学』14巻16号、昭和四四年一二月

II

貴族の世界　色好みの衰退

「中世のなかの現代＝貴族の世界――色好みの衰退――」『国文学』13巻7号、昭和四三年六月

怨み深き女生きながら鬼になる事　『閑居友』試論

同　題『文学』35巻8号、昭和四二年八月

魔界に堕ちた人々　『比良山古人霊託』とその周辺

同　題『文学』36巻10号、昭和四三年一〇月

『徒然草』の文体

同　題『国語通信』121号、昭和四四年一一月

兼好と西行

「兼好と中世的文芸人＝兼好と西行」『国文学』12巻12号、昭和四二年一〇月

III

心と詞覚え書

「心と詞覚え書――中世歌論・歌道説話を例として――」『国語と国文学』38巻8号、昭和三六年八月

藤原定家における古典と現代　『近代秀歌』試論

「浦の苫屋の秋の夕暮――藤原定家の『近代秀歌』――」（編集者の付したもの）『短歌』17巻7号、昭和四五年七月

式子内親王　その生涯と作品

「式子内親王」『日本女流文学史』古代中世篇　昭和四四年三月

Ⅱの『閑居友』関係の二篇およびⅢの初めの一篇を除いては、いずれも雑誌や論文集の編集者から与えられたテーマによって書いたものである。しかし、いずれも、その都度、それらのテーマの枠内で自分なりの問題を模索したものではあった。

いちいちお名前をあげないが、この場を借りて、それら編集者の方々、そしてまた、いつもご指導いただく諸先生、先輩、知友にお礼申しあげたい。

昭和四七年二月

久保田　淳

新装版に寄せて

四十年以上も前の旧著『中世文学の世界』を新装版として復刊して頂けるというので、書架の一隅に並べてはあるものの、ここのところ手に取っていなかったその初版本を久しぶりに開いてそここを読み返していると、それらの文章を書いた頃のことがあれこれと思い出される。兼好は『徒然草』に、

人静まりて後、長き夜のすさみに、何となき具足取りしたため、残しおかじと思ふ反古など破《や》り棄つる中に、なき人の手習ひ、絵描《か》きすさみたる、見出でたるこそ、ただその折の心地すれ。この頃ある人の文だに、久しくなりて、いかなる折、いつの年なりけむと思ふは、あはれなるぞかし。（第二十九段）

と書いているが、自身が昔書いた文章も故人の筆ずさみや旧友の古い手紙にも似た働きを持っているようである。

舌足らずな文章だとか、ここは無理に割り切ろうとしているなどと自己批判したくなる個所も少

なくないが、必要以上に力んでいるなあとその頃の自身をおかしく感じたり、考えていることやものの感じ方の大本は今でもほとんど変わってはいないのではないかと思ったりもする。やはりこの本が研究者としての自身の歩みの出発点であったことに違いないのであろう。これらの文章を書く以前、自分は何を学び、どんなことを考え、何をしていたのか、記憶の底を掘り起こしてみたくなった。

中学、高校生の頃、当時すでに古本だった円本の全集などで明治・大正期の小説を読み始め、時折芝居を見るようになったのは、母親の影響である。そんなことから近世文学への関心が芽生えるとともに、正岡子規の『歌よみに与ふる書』などを通して、源実朝の歌が好きになり、さらに『方丈記』に惹かれて、日本の中世文学を学びたいと思うようになった。それで大学に入った時から、子規には叱られるに違いないが、『新古今和歌集』を研究しようと心に決めていた。その華麗な表現よりは幽寂な世界に惹かれていた。自身の進路を早く決めすぎたと思わないでもない。

その『新古今集』撰者の一人、藤原家隆の研究を卒業論文のテーマに選んで、伝記と家集の本文調査を中心とした卒論を何とかまとめて大学を卒業し、大学院に進学することで研究者の道を歩み始めたのは一九五六年の春、大学院博士課程を単位取得満期退学したのはその五年後の三月である。

大学院に入った頃は、研究対象を拡げて『新古今集』以後の中世和歌の展開を跡づけたいともくろんでいた。そして「中世和歌史の研究　鎌倉時代前期」と題する修士論文を提出した。『新古今集』を成立させたいわゆる新古今時代以後、一三世紀前半から後半にかけての数十年の和歌、勅撰集でいえば『新勅撰和歌集』から『続拾遺和歌集《しょくしゅうい》』まで、代表的な歌人を挙げれば藤原定家の子為家から孫の為氏までの時代の和歌の流れを、散佚した歌会・歌合の作品を集成するなどの作業をして、辿ってみたのだった。

そんな私に、もっと『新古今集』そのものを、その中心的存在である西行や定家をやってみろと忠告してくれたのは、助手だった大曾根章介さんである。私自身、新古今時代についてまだほとんどわかっていないのだという自覚はあった。そこで博士課程の三年間は新古今時代を代表する六人、すなわち藤原俊成・西行・定家・家隆・後京極良経・慈円の作歌活動を辿り、それぞれの作品を読みときながらその相互関係を探る仕事を始めた。この仕事は当然この六歌人にとどまらず、後鳥羽院・式子内親王をはじめ、多くの歌人たちが残したおびただしい数に上る作品をも併せ読むことを要求するものであった。

その頃、「艶」や「幽玄」などの美意識を説く歌論書や表現技巧の実際を教えてくれる歌学書を学ぶ、またとない機会が訪れた。大学では定年退官される直前の一年間だけ御指導頂いた、久松潜一先生のお仕事のお手伝いとして、鴨長明の歌論書『無名抄』の校注に携ったのであった。先生はすべてを任されたので、底本の選定から校注まで、手探りでする他なかった。当然悔いも残ったが、この仕事は私にとって一生の宝となった。『無名抄』にとどまらず、多くの歌論書・歌学書を読み、新古今時代以前の和歌を考えるきっかけを作ってくれたのであった。

久松先生と半年だけ重なる形で、私が学部三年の後半に市古貞次先生が教養学部から文学部に着任された。先生の御専門は中世小説であるが、講義のテーマは中世にとどまらず、時には近世初期に及ぶ長いスパンの中で生起した文学的な諸問題を、すべての領域を対象とし、具体的な作家や作品を取り上げて解明してゆかれた。先生の講義や演習を通して、私は作品を読み、作家像を組み立ててゆく方法を学ぶとともに、まだ身近でない作品群を自分の目で読みたいという思いを強くした。大学院に進んだ段階で決まる指導教授はもとより市古先生にお願いした。

大学院を満期退学した後、適切な忠告をしてくれた大曾根さんの後任として、文学部国文学研究室の助手を命ぜられ、五年間勤務した。助手の仕事は公務としては図書や備品の管理、事務部との連絡などであるが、実際は東京大学国語国文学会という組織の仕事、とくにこの学会が出している学術誌『国語と国文学』の編集という、公務とはいえない仕事の方が遥かに忙しかった。しかし、この仕事はたいそう勉強になった。毎月国文学、さらには国語学のあらゆるジャンルの問題点に触れさせられたからである。その頃の同誌の編集会議は国語国文学科の専任教官で構成されていたが、助手はその会議に出席し、年に二回出す特集号のテーマを提案する習慣になっていた。そこで専門外の領域についても、学界において議論されている問題や見過されているけれども魅力的なテーマを、場合によっては大学院博士課程の学生と話し合ったりして、用意しておかなければならなかった。当時は多忙な助手の仕事を補佐する博士課程の学生が二人くらいいて、大曾根助手の時代には私自身その一人だったので、助手になってからもその時の見よう見真似で何とかやっていけた。

その大曾根さんを中心に、博士課程の仲間たちとともに、一九四三年に刊行された『日本説話文学索引』の内容を充実させ、一新するような本を作りたいと考え、夏休みには合宿したりもした。東京オリンピックが開催された前後のことである。かなり多くのカードを採集したものの、この計画は余りにも大きすぎて、その頃の私たちの手に余るものだったから、結局形にはならなかったが、私にとっては説話文学のおもしろさに気づかされる機会となった。

五年の研究室勤めの後、一九六六年四月から白百合女子大学（その前年に短期大学から四年制大学になっていた）に助教授として就職し、大学教員としての生活が始まった。文学史や和歌史を講義のテーマとし、演習では『平家物語』『建礼門院右京大夫集』『海道記』『風姿花伝』などを取り上げた。『建礼門院右京大夫集』は、市古先生が推薦して下さって、雑誌『國文學』に注釈の連載をしていた作品であった。

白百合には専任として満四年と一ヵ月在職した。一ヵ月という半端が生じたのは、一九六八年頃から激しくなってきた全国的な大学紛争の影響である。東京大学では六九年の入学試験は中止され、研究室が再開されたのは翌年（一九七〇年）の四月であった。三月の教授会で私を助教授として採用することが決定されたが、そのような混乱期だったために発令は五月一日となったので、白百合が四月一杯専任教員としておいてくれたのである。ほとんどの大学が紛争を経験したこの時期、この大学は平穏であった。そのことをありがたいと思う一方で、憂いながらも現実から逃避していた自身にうしろめたさを感じないではいられなかった。五月の着任後も構内で学生同士の小ぜりあいがあったりして、しばらくは余燼のくすぶっているような状態であった。

この小著の元版の奥付を見ると、「一九七二年三月二五日初版」とある。三十八歳の時のことである。それを手懸りに記憶をたぐると、この本をUP選書の一冊として出版して下さるという話は、多分この東京大学着任後さほど経たぬうちに始まったのではなかったかと思う。市古先生は時折、博士論文をまとめるように勧めて下さったので、「新古今歌人の研究」という題でまとめてみようと考えていた。そのことを知った東京大学出版会の斎藤至弘さんが、それならば文部省科学研究費補助金（研究成果刊行費）を申請してはどうかと言って下さり、その出版の話とほとんど同時にこの本の話も進んだような気もする。古い手帳をみると、一九七一年五月初めに斎藤さんに論文のコピーの貼り込みを渡したとあるが、多分それがこの本の出発だったのであろう。翌年二月の初めには「中世文学私論ゲラ（初校）返却」、三月初めには「中世文学の世界再校返却」とあるので、どうやら初めは、「中世文学私論」という書名を考えていたらしいが、おそらく斎藤さんの意見によって

「中世文学の世界」に落ち着いたのであろう。見本の本を受け取ったのは三月二十四日であった。

元版の「あとがき」に書いたように、この本は長短とりまぜての一一篇の文章を中世文学一般、散文、詩歌の三部に分かって収めたもので、執筆した時期は最も早いものが大学院をおえて助手になった年のもの、最も遅いものは東京大学に着任した年のもので、あとは助手の時のものが少しと白百合女子大学の時のものがやや多い。

最も長い論文はⅠの「中世文学史への試み」で、山川出版社のＰＲ誌『日本史の研究』に六回にわたって連載したものである。掲載誌はどこかへ行ってしまったが、たまたま手元に残っている二十数冊の前後の号を見ると、この雑誌は季刊で、一九六三年四月発行の第四〇輯から「特殊講座」として「日本文学史」を連載し始めたことが知られる。そして、林勉・秋山虔・堤精二・平岡敏夫といった錚々たる先学・先輩の方々がそれぞれ御専門の文学史を書いていらっしゃる。その中に私がまじっているのはまさに雑魚《ざこ》の魚《とと》まじりそのものだが、助手の時のことなので、秋山先生の御推輓によってこのような機会に恵まれたのであると思う。毎回取り上げる作品を読み返し、自身理解しえた範囲内で観念的な言葉はなるべく使わないで書こうと努めた覚えがある。この稿以後、「中世文学史論」と題してややまとまった長さのものを書いたのは、自身編集委員の一人であった『岩波講座　日本文学史』第五巻（一九九五年一一月刊）においてで、三十年近く後のことである。

これに続く「中世文学の成立」は日本文学協会編集の『日本文学』に求められて書いた。同協会の会員ではないので、いささか緊張して書いたように思う。新古今時代のくまぐまを探る一方では、中世文学を全円的にとらえるための自身の足場を何とかして作りたいと手探りしていたのであった。『平家物語』は研究対象である以前から親しんできた作品だが、中世文学の研究者の一人として立ち向かうとなると、歴史研究と文学研究の違いをどのように受け留め、自身の立ち位置をどう定めるかという極めて難しい問題をよけては通れない。「転換期の文学——『平家物語』と歴史」は自分なりにこの問題を考えてみたもので、生意気にも先学の『平家物語』評価にいささか疑義を呈しつつ、この物語における歴史把握よりも多様な現実を見すえる精神と人間把握の的確さにおいてこの作品は卓抜しているのであると結んでいる。この論文を書いた頃、前にも記したように、注釈するという形で『建礼門院右京大夫集』を読み進めていた。おそらく歴史認識を欠いたまま動乱の世に翻弄されていたのであろう一人の女性の情念を追っていたのであった。

説話文学を取り上げたⅡの初めの三本は、先にも述べた、幻におわった「説話文学大索引」の作業と無関係ではない。『怨み深き女生きながら鬼になる事『閑居友』試論』は、初めて雑誌『文学』に載った論文、「魔界に堕ちた人々『比良山古人霊託』とその周辺」はその続編として書いたものである。これらを書くまでの経緯は、十一年以前同誌の創刊七〇年記念号（二〇〇三年五月）に寄せた「『文学』と私」という小文で回顧したことがあるが、確かに説話文学をもっと読みたいと思っていたのであった。そして三弥井書店の吉田栄治氏の求めるままに、「中世の文学」という注釈シリーズを企画し、その書目に『閑居友』『雑談集』『三国伝記』などを入れ、適任と考えられる人々に校注を依頼するに至ったのだった。

『徒然草』と兼好についての二つの文章のうち、「兼好と西行」は、今読み返してみると、西行と較べて兼好に関しては一面的な見方に偏し、厳しすぎるという気がする。『徒然草』の読みがまだ浅いのである。本腰を入れて『徒然草』を読み出すのは、この文章を書いてから十一年後、雑誌『國文學』での連載の注釈を始めた頃からである。そして同誌の休刊によって、おしまいの八段を残して注釈作業も中断している。兼好と『徒然草』も私にとってはいくつかの宿題の一つなのである。

Ⅲに収めた三本は歌論と歌人を対象としたものであるから、私が研究を始めた時からずっと考え続けてきた領域に関する文章である。「心と詞覚え書」が為氏の玉津島の歌での表現の改変から始めているのは、前に述べた修士論文と無関係ではないが、総じて千篇一律と見なされがちな中世和歌を擁護するような印象を与えるかもしれない。「藤原定家における古典と現代――『近代秀歌』試論」にしても、定家の古典主義を無条件に肯定しているだけではないかと言われかねない。それらの批判にどう答えたらよいのか、今なお考えている。

「式子内親王　その生涯と作品」では、彼女の生年について「わからない」と書いた。この文章を草した時点ではわからなかった、というか生年のわかる資料の一つは知られていながら、それを正しく読めなかったためにわからないとされていた。そのような学界全体の通念に従ってここでもわからないとしたのであるが、その後十数年して、上横手雅敬氏の報告によって、式子内親王の生年は久安五年（一一四九）であると確定した。しかしこの新装版では本文は旧版のままのかたちで復刊するということなので、この誤りも正すことなく温存されている。資料のこわさを伝える一つの材料となっているのかもしれない。ただ、この論文自体にはいささか愛着があるので、その誤りを正した形で『久保田淳著作選集』第二巻　定家（二〇〇四年五月刊、岩波書店）に収めたことを申し添えておく。

以上ざっと振り返ってみた十一篇の文章は二十八から三十七までに書いた、文字通りの稚拙な若書きである。ただ、以後の自身が研究対象としたことまたは志向したことは、これらの中でほとんどすべて言及されていることも確かである。その意味において、いくら幼い内容であってもこれが研究者としての私の出発点に違いはないのである。

この本が出来て丁度一年後に、これも斎藤さんの手を煩わせて『新古今歌人の研究』が刊行された。A5判、本文だけで一〇〇〇頁近い、かさばったものとなった。論文の性質上当然のことながら、『中世文学の世界』よりはずっと視界を絞り込んで対象とした歌人たちの世界に沈潜し、手堅く慎重なもの言いを心がけた本であると自身では思っている。やや時をおいて、四十代半ば海外研修に出る直前にこれを提出して文学博士の称号を授与されたので、これが私の代表的な著作ということになっている。

四十代から五十代にかけては『新古今和歌集』や藤原定家の全作品の注釈を試みていた。注釈というのはおわりのない仕事である。本の形をとって世に送り出した直後に手直しをしたくなる。『新古今集』については七十代のおわりにも自身の旧注を見直すことができたが、満足するにはほど遠いと自覚している。

六十代の初めの頃、古典文学の研究者は古典が一般社会から次第に縁遠くなりつつある現在にこそ、その正確な読みを後世に伝える責任があるのではないかということを考えて、『万葉集』から明治・大正頃の短歌までの代表的な歌集を選び、これに注釈を加える、「和歌文学大系」という叢書を立案し、これが明治書院から刊行されることとなった。私自身もいくつかの巻を担当するが、主として私よりは遥かに若い研究者に校注を依頼し、私は原稿や校正刷を読んで時折希望や意見を述べたりする。全八十巻を予定しているこの叢書は今ようやくその半ばに達した。

現在はその一方では、三十代の頃あれこれと思い悩んでいた文学研究と歴史研究の違いの問題を今なお心の内で蒸し返しながら、これも多年の宿題である『源平盛衰記』の注釈をぼつぼつ続けている。この作品のおしまい近く、屋島の合戦の華やかな場面を読み返しつつ、このいくさ物語の作者（たち）は戦いというものをどう受け留め、読者たちに何を伝えようとしていたのだろうか、世界全体が不穏な空気に包まれてきている現代を生きるわれわれは、それを遠い昔のこととして読むだけでなく、改めて戦いのむごたらしさやむなしさを深く思う必要があるのではないだろうかなどと考えている。

二〇一四年八月

久保田　淳

著者略歴

1933年　東京に生れる
1956年　東京大学文学部卒業
　　　　東京大学文学部教授，白百合女子大学教授をへて
現　在　東京大学名誉教授

主要著書

『新古今歌人の研究』（1973年，東京大学出版会）
『中世文学の時空』（1998年，若草書房）
『久保田淳著作選集』（全3巻，2004年，岩波書店）
『岩波日本古典文学辞典』（編，2007年，岩波書店）
『新古今和歌集全注釈』（全6巻，2011-12年，角川学芸出版）
『西行全歌集』（吉野朋美と共校注，2013年，岩波書店）

新装版 中世文学の世界　UPコレクション

1972年3月25日　初　版　第1刷
2014年9月25日　新装版　第1刷

〔検印廃止〕

著　者　久保田《くぼた》 淳《じゅん》

発行所　一般財団法人 東京大学出版会
　　　　代表者 渡辺　浩
　　　　153-0041 東京都目黒区駒場4-5-29
　　　　電話 03-6407-1069 Fax 03-6407-1991
　　　　振替 00160-6-59964

印刷所　大日本法令印刷株式会社
製本所　誠製本株式会社

ISBN 978-4-13-006522-1 Printed in Japan

「UPコレクション」刊行にあたって

学問の最先端における変化のスピードは、現代においてさらに増すばかりです。日進月歩（あるいはそれ以上）のイメージが強い物理学や化学などの自然科学だけでなく、社会科学、人文科学に至るまで、次々と新たな知見が生み出され、数か月後にはそれまでとは違う地平が広がっていることもめずらしくありません。

その一方で、学問には変わらないものも確実に存在します。それは過去の人間が積み重ねてきた膨大な地層ともいうべきもの、「古典」という姿で私たちの前に現れる成果です。

日々、めまぐるしく情報が流通するなかで、なぜ人びとは古典を大切にするのか。それは、この変わらないものが、新たに変わるためのヒントをつねに提供し、まだ見ぬ世界へ私たちを誘ってくれるからではないでしょうか。このダイナミズムは、学問の場でもっとも顕著にみられるものだと思います。

このたび東京大学出版会は、「UPコレクション」と題し、学問の場から、新たなものの見方・考え方を呼び起こしてくれる、古典としての評価の高い著作を新装復刊いたします。

「UPコレクション」の一冊一冊が、読者の皆さまにとって、学問への導きの書となり、また、これまで当然のこととしていた世界への認識を揺さぶるものになるでしょう。そうした刺激的な書物を生み出しつづけること、それが大学出版の役割だと考えています。

一般財団法人　東京大学出版会